Anna Theresa Schreiber

Wer stirbt schon gern wie Sokrates?

Anna Theresa Schreiber

Wer stirbt schon gern wie Sokrates?

Campuskrimi Konstanz

Impressum

Bibliografische Information der Deutschen Nationalbibliothek:
Die Deutsche Nationalbibliothek verzeichnet diese Publikation in der Deutschen Nationalbibliografie; detaillierte bibliografische Daten sind im Internet über http://dnb.dnb.de abrufbar.

Herstellung und Verlag: BoD – Books on Demand, Norderstedt

ISBN: 978-3-7504-7059-0

It is what you read when you don´t have to

that determines what you will be

when you can´t help it

Oscar Wilde

Prolog:

Ein Geständnis?

Der Sturm peitschte über den See und wühlte die dunkle Oberfläche zu nervösen Wellen auf, die Nikodemos´ erfundenes Geständnis mit lautem Brausen durcheinander warfen. Einem irren Impuls folgend beugte er sich vor, um eines der Blätter, die er gerade ins Wasser geworfen hatte, zurückzuholen.

Es handelte sich um die Einleitung, die nun beinahe in seine Reichweite gespült wurde:

Geständnis von Nikodemos Haselhuhn:

Ich sitze in der Bibliothek und habe fast fünf Stunden Zeit, einen Mord zu gestehen, den ich nicht begaben habe. Schriftlich. Wäre ich der Meinung, dass ich tatsächlich in irgendeiner Weise an diesem Verbrechen Schuld sein könnte, hätte ich das wohl längst der Polizei gestanden – egal was Sie darüber denken.

Ich war sogar schon kurz davor zu glauben, es wäre tatsächlich meine Schuld (wenn auch nicht meine Absicht) gewesen, dass das Opfer das Zeitliche gesegnet hat. Allerdings sind wir nicht in einem Philosophieseminar. Und wenn wir alle absurden Möglichkeiten, wie ich unwissentlich einen Mord hätte begehen sollen, ausschließen, dann bin ich unschuldig.

Deshalb sehe ich nicht ein, warum ich das alles gestehen soll. Ach, da war doch was!

Also: wenn ich Ihnen jetzt eine Geschichte auftische, warum ich den Mord angeblich begangen habe, werden Sie

„ein gutes Wort bei der Polizei für mich einlegen", aus welchen (nicht besonders glaubwürdigen) Gründen auch immer. Wenn ich nicht gestehe, beschuldigen Sie mich – und ich lande womöglich unschuldig im Gefängnis.

Ich könnte jetzt meine subjektiven Wahrscheinlichkeiten für die verschiedenen denkbaren Weltzustände überlegen, die meine Entscheidung womöglich herbeiführen könnte.

Aber das ist Zeitverschwendung. Es kann so oder so anders kommen, als ich vermute.

Also, weil Sie darauf bestehen, hier ist meine Geschichte …

Bei dem Versuch, den Zettel aus dem See zu fischen, hatte sich Nikodemos zu weit vorgebeugt. Die Gischt spritzte ihm bereits ins Gesicht, und er hätte sicherlich im nächsten Moment das Gleichgewicht verloren, wenn ihn nicht im letzten Moment jemand am Arm gepackt und zurückgezerrt hätte.

Wie in Trance wandte er sich um. „Luise?", fragte er kaum hörbar, mit einer Spur Unwillen in der Stimme. Er konnte ihr plötzliches Erscheinen nicht als logische Folge der Geschehnisse hinnehmen, die sich in den letzten Stunden ereignet hatten. Sie störte auf sonderbare Weise den Ablauf seines Dramas.

Luise erschrak über sein blasses Gesicht, den gequälten Ausdruck, die dunklen Ringe unter seinen Augen. Sie erkannte den exzentrischen Untermieter ihrer Tante kaum wieder. Sein sonst so vorwitziger Gesichtsausdruck war verschwunden, er schien sich mit letzter Kraft durchs Leben zu schleppen. Sie wusste nicht, wie sie darauf reagieren sollte. Eine unbestimmte Ahnung riet ihr davon ab, ihn jetzt zu provozieren. Sie schob ihre Neigung für ruppige Sprüche beiseite und fragte schlicht und einfach: „Alles in Ordnung?“, ohne ein „Haselhuhn“ hinter die Frage zu setzen. Wäre der Himmel nicht so grau, die Wellen nicht so wild, der Sturm nicht so unerbittlich und Nikodemos′ Gesichtsausdruck nicht so elend gewesen – sie hätte sicher gefragt: „Alles in Ordnung, Haselhuhn?“

Und wäre ein ganz normaler Tag gewesen, hätte sie sich gar nicht nach seinem Befinden erkundigt, sondern einfach gefragt, ob er gerade die Absicht verfolgt hätte, die Fische mit seiner Seminararbeit zu füttern und anschließend vor lauter Verzweiflung hinterher zu springen. Sie wusste nicht, was das für Blätter waren, die jetzt im See schwammen. Aber da Nikodemos bei dem Versuch, sie wieder zu bekommen, fast ins Wasser gefallen wäre, ging sie davon aus, dass es sich um etwas Wichtiges handeln musste – eine Seminararbeit zum Beispiel.

Er sah sie geistesabwesend an und kalkulierte rasch, ob es klug wäre, ihr von der ganzen Sache zu erzählen. Dabei wurde er sich schmerzlich bewusst, dass er keine Vertrauensperson hatte. Außer Elenore … und die war nicht objektiv. Schwebte in anderen Sphären. Würde ihn nicht mit gesundem Menschenverstand beraten können. Luise dagegen war vernünftig, pragmatisch, und behandelte ihn gerne mit Herablassung. Und das Beste war: Sie war eine ausgesprochene Feindin der Philosophie im Allgemeinen und einiger Philosophen im Speziellen. Sie würde sich bestimmt nicht auf die Verrücktheiten einlassen, die ihm der Professor und Elenore einreden wollten. Und sie war auch nicht wie ihre Tante.

Deshalb sammelte er all sein schauspielerisches Talent und antwortete mit einem ergreifenden und mitleiderregenden: „Nee.“

„Also, ich möchte nicht den ganzen Nachmittag hier rumstehen, es fängt jetzt auch noch an zu regnen. Ich gehe jetzt in ein Café und sehe dir an, dass es besser für dich wäre, mir zu folgen. Hast du heute Kaffee- oder Teetag?“

„Tee. Heute ist wieder Mate dran“, sagte Nikodemos dankbar für diesen einfachen und alltäglichen Vorschlag. Um sein Geständnis im See machte er sich keine großen Sorgen mehr. Das Papier wäre bald so durchnässt, dass man dann sowieso nichts mehr lesen konnte - und wer sollte es schon herausfischen? Selbst wenn, das Geständnis war frei erfunden, das kündigte er in der Einleitung bereits an.

Und auch wenn jemand für einen Moment auf die Idee kommen sollte, es doch für ein echtes Geständnis zu halten – sein Name würde ihn letztlich vom Gegenteil überzeugen. Kaum jemand hatte einen so unglaubwürdigen Namen wie Nikodemos Haselhuhn. Wer würde denken, dass es sich hierbei um eine lebendige Person handelte - und nicht um den Protagonisten einer Kurzgeschichte von irgendeinem Hobbyautor, der versucht hatte, einen Krimi zu schreiben?

Nikodemos schaute konzentriert auf den Dampf, der aus seiner Teetasse aufstieg. Er wusste nicht, wie er anfangen sollte. Er hatte überlegt, Luise zu fragen, ob sie ihn für einen guten Menschen hielt. Diese Idee verwarf er schnell wieder. Auch gute Menschen konnten böse Dinge tun. Dann war er versucht gewesen, sie vor der unglaublichen Geschichte zu warnen, die sie gleich zu hören bekommen würde, nach dem Motto *„unglaublich, aber wahr*!“. Doch er war nicht auf Sensationen aus, denn schließlich war er selbst in unangenehme Weise in die Sache verwickelt.

Deshalb nahm er den Teelöffel, rührte ein paarmal bedächtig um, und sagte: „Es ist kompliziert.“

Luise warf den guten Vorsatz, behutsam mit ihm umzugehen, über Bord. Sie verdrehte die Augen und schnaubte vorwurfsvoll: „Was anderes hätte ich auch nicht erwartet. Bei euch ist alles kompliziert. Erzähle mir einmal, wie einfach das Leben ist - und ich werde ein neues Menschenbild von Leuten wie dir entwickeln. Aber *so* ist das nichts Neues. Was ist denn kompliziert? Hoffentlich nicht deine Beziehungsprobleme oder irgendwelche Familienangelegenheiten. Ich bin schließlich nicht deine Psychotherapeutin.“

„Nein, nein … es hat mit Philosophie zu tun. Mehr oder weniger.“

„Dann lass′ dir gesagt sein: wenn dir dein Studienfach zu kompliziert ist, dann hast du wohl das Falsche gewählt. Du musst jeden Tag über weltfremde und komplizierte Dinge nachdenken!“

„Hm … das Problem liegt jedoch eher in der Praxis als in der Theorie.“

„Ein kompliziertes philosophisches Problem aus der Praxis … du hast deine Seminararbeit in den See geworfen. Das ist es, oder?“

„Nein, mein Geständnis.“

„Ach. Und wen hast du auf dem Gewissen?“

„Das ist ja das Problem. Meiner Meinung nach niemanden. Aber meine Meinung scheint hier nicht relevant zu sein. Also stehe ich unter Mordverdacht.“

„Was? Du? Wer wurde denn umgebracht?“

„Das ist geheim.“

„Also weißt du doch was ...“

„Zufällig ja. Es sei denn, es gibt keinen Zufall, weil der Determinismus über den Verlauf des Weltgeschehens entscheidet, dann eben deterministisch ja. Oder wir werden doch vom Schicksal geleitet, dann – jedenfalls war ich zu einer Zeit an einem Ort, wo ich besser nicht gewesen wäre ...“

„Im Klartext?“

„Mir wurde abgenötigt darüber zu schweigen. Du weißt, dass du nichts weißt, okay?!“

„Ich weiß, dass ich keine Mitwisserin von einem geheimen Mord werden will, und deshalb im Namen der Gerechtigkeit Aussagen darüber machen müsste.“

„Wie definierst du Gerechtigkeit?“

„So, dass ich mich nicht davon beirren lassen werde, dass du oberflächlich betrachtet ein netter Kerl bist, der gern kluge Sprüche macht. Du könntest dennoch ein Verbrecher sein. Egal welche Motive du gehabt haben solltest, Strafe muss sein.“

„Also mal angenommen ... dass ich nun wirklich jemanden ermordet habe. Vielleicht geschah es ja sogar mit einem edlen Motiv, da das nämlich Opfer ein fürchterlicher Tyrann war. Es ist offenkundig, dass ich in meinem Leben kein weiteres Verbrechen mehr begehen würde, da ich die Tat schon längst bereue. Dennoch werde ich zu einer unverhältnismäßig langen Gefängnisstrafe unter schrecklichen Haftbedingungen verurteilt, während der mich meine Mitgefangenen endgültig zu einem Verbrecher machen wollen. Und das geschieht, sagen wir, während zur gleichen Zeit ein Mafia-Boss, so ein ganz brutaler Kerl, straflos davon kommt, nur weil er die richtigen Kontakte hat und alle von ihm eingeschüchtert werden - würdest du es dann gerecht finden, mich so einem ungerechten Strafvollzugssystem auszuliefern und das, obwohl wir Freunde sind?“

„Haselhuhn! Du redest wie im Wahn. Und deine Argumente waren auch schon besser. Das waren nicht einmal richtige Argumente! Ich muss heute noch meiner Tante helfen, also mach´s gut ...“

„Hey, Luise, warte! Und wobei musst du ihr helfen?“

„Hm, bei irgendetwas braucht sie bestimmt Hilfe. Vielleicht ist der Computer wieder abgestürzt. Okay, Nikodemos Haselhuhn – ich warte. Aber nur, wenn du mir jetzt Fakten mitteilst. Was ist passiert? Du bist kein Mörder, so viel weiß ich. Aber du willst Philosoph werden - und genau das ist dein Problem! Du könntest mich jetzt zwei Stunden mit der hypothetischen Annahme zutexten, was passiert wäre, wenn du diesen Mord wirklich begangen hättest, und mit viel Glück eine neue Definition von Gerechtigkeit finden. Aber weißt du was – es interessiert mich nicht! Ich bin gerne bereit, mich mit dem in eine Notlage geratenen Studenten Haselhuhn zu unterhalten. Aber nicht mit dem schwadronierenden Philosophiestudenten Haselhuhn, der diese Situation bis auf den Grund auskosten will.“

„Du meinst, es macht mir Spaß?“

„Ja, du kokettierst damit: `Wenn ich ein Mörder wäre` ... du solltest dich mal hören. Aber deine Miene spricht eine andere Sprache. Du siehst echt übel aus. Deshalb sitzen wir jetzt hier und trinken Tee. Meinst du etwa, ich hätte das unter normalen Umständen auch vorgeschlagen?“

Nikodemos sackte in sich zusammen. Er hatte versucht, sich mit absurden Vorstellungen abzulenken ... ein nettes Gedankenexperiment zur Aufmunterung. Aber Luise brachte ihn schlagartig auf den Boden der Tatsachen zurück. Darin war sie meisterhaft. Und hatte er nicht genau das gewollt? Mit einer vernünftigen Person reden, die Wahrheit finden? Aber es war schwierig. Wo anfangen?

„Luise, ich glaube das wird hier nichts. Ich brauche Bedenkzeit. Können wir nach Hause? Ich fühle mich beobachtet. Auf der anderen Seeseite habe ich mehr Abstand zu … allem."

Luise nickte. Sie tranken schweigend ihren Tee, warteten, bis die nächste Fähre nach Meersburg kam, und rannten dann durch das Unwetter hindurch an Bord. Als sie sich setzen wollten, hielt Nikodemos mit verklärtem Blick in seiner Bewegung inne und wandte Luise ruckartig den Kopf zu. „Bezahlt haben wir den Tee?", fragte er alarmiert.

„Haselhuhn! Auf Ideen kommst du! Ja. Schon als wir bestellt haben."

„Oh. Gut."

Sein Blick und seine Gedanken schweiften im nächsten Moment wieder ab. Nikodemos schaute auf den stürmischen Bodensee und erinnerte sich an den Anfang dieses Semesters. Das schien schon eine Ewigkeit zurück zu liegen. Viele Szenen zogen vor seinem inneren Auge vorbei, doch er fühlte sich wie ein unbeteiligter Zuschauer. Sein erster Tag in Konstanz, der Umzug zu Delphine und Luise, einige Vorlesungen, vor allem die von Professor Heidesand, die ungewöhnlichen Begegnungen mit Elenore, der Philosophy Slam …

„Du meinst also, dass Delphine dich besser beraten wird?", fragte Luise und erhob sich.

Waren sie etwa schon da?

„Nein … ich weiß noch gar nicht, ob ich sie überhaupt frage. Ich will nicht, dass sich die Angelegenheit unter den Profs herumspricht. Und von einer Professorin kann ich wohl kaum verlangen, dass sie für mich schweigt, oder?“

„Meine Tante ist aber nicht irgendeine Professorin ...“

„Ich weiß. Mal sehen. Vielleicht erzähle ich auch euch beiden gleichzeitig, was passiert ist. Aber du bist vorhin so plötzlich aufgetaucht. Unmittelbar davor saß ich vier Stunden in der Bib und habe mir ein Geständnis ausgedacht. Ich war geistig noch auf der Hinterbühne, und da kommst du angelaufen, und zerrst mich auf die Vorderbühne, wie die Soziologen sagen würden. Ich hätte in dem Zustand nichts Sinnvolles von mir geben können.“

„Tust du das jemals?“

„Wenn du so fragst – kennt denn irgendwer den Sinn des Lebens? Und wenn nicht, wer kann sich dann anmaßen, anderen jemals etwas Sinnvolles mitteilen zu wollen?“

„Wir sind jetzt da. Aber falls das keinen Sinn für dich macht, kannst du gern noch länger an Bord bleiben und über meine Worte nachdenken, bis die Fähre wieder losfährt. Den ganzen Tag hin und her fahren, um über den Sinn des Lebens nachzudenken, wäre das nicht was für dich? Und das Sintflut-Feeling ist inklusive bei dem Wetter.“

Nikodemos schüttelte lachend den Kopf und bedeutete Luise, die Fähre zu verlassen. Eine Spur der für ihn typischen Heiterkeit war auf sein Gesicht zurück gekehrt.

Als sie durch den Regen zum Bus liefen, lachte er immer noch. Und als sie merkten, dass sie den Bus verpasst hatten, sah er Luise treuherzig an und meinte: „Ich liebe deine sarkastischen Sprüche! Sah ich vorher wirklich so übel aus? Du hast versucht, mich zu verschonen, stimmt´s? Du hast gefragt, wie es mir geht. Und vorgeschlagen, dass wir einen Tee trinken! Es muss schlimm um mich stehen. Aber jetzt verschonst du mich zum Glück nicht mehr. Das ist gut.“

„Was dir alles auffällt … aber dass es wie aus Kübeln schüttet, scheinst du nicht zu merken, was?“ Luise sah ihn verdrießlich an. Ihre kurzen Haare waren inzwischen völlig durchnässt, mit Nikodemos chaotischer Anti-Frisur sah es nicht besser aus. Auch von seinem altmodischen Mantel tropfte das Wasser.

„Wir laufen“, entschied er. Luise schüttelte entgeistert den Kopf. „Ein kleines Stück“, ergänzte er und schlenderte gemächlich los.

Luise folgte ihm nicht, sondern stellte sich unter das Dach des Bushaltestellenhäuschens.

Nach zweihundert Metern blieb Nikodemos plötzlich am Rand des Gehwegs stehen und streckte seinen Daumen in die Höhe. Nach zwei Minuten hielt tatsächlich ein Fahrzeug. Es war ein Kleintransporter. Nikodemos diskutierte irgendetwas mit dem Fahrer und machte dann tatsächlich Anstalten einzusteigen.

Luise sprang auf. Falls er gerade entführt wurde, wollte sie nichts verpassen. Sie trabte zu der offenen Tür, wo sie entschied, dass es sich wohl doch nicht um eine Entführung handelte. Der Fahrer jedenfalls wirkte eher wie ein freundlicher Opa als wie ein skrupelloser Verbrecher. Also quetschte sie sich neben Nikodemos auf den Sitz und schlug geräuschvoll die Wagentür zu.

„Soll das ein Witz sein?“, fragte der Fahrer gerade.

Nikodemos musste ihn mit irgendetwas verstört haben.

„Nein, er hat keinen Humor“, bemerkte Luise trocken. „Was auch immer er Ihnen gerade gesagt hat, es ist wirklich so seltsam, wie es sich anhört.“

Der Fahrer setzte den Transporter in Bewegung und verzog ungläubig das Gesicht. „In fünf Minuten soll ich Sie schon absetzen?“

„Wir sind schon sehr lange unterwegs!“, versicherte ihm Nikodemos. „Das letzte Stück zu unserer … äh … Herberge wollten wir laufen, aber plötzlich fing es an zu regnen. Und wir hatten kein Geld für den Bus.“

„Und woher kommen Sie?“, fragte er Fahrer bereits verständnisvoller als zuvor.

„Ähh … schwer zu sagen, von überall!“, winkte Nikodemos ab. „Und da sind wir ja auch schon! Vielen Dank fürs Mitnehmen!“

Als Delphine Manet die Tür öffnete, sah sie nicht zwei junge, dynamische Studierende vor sich, sondern jämmerliche und völlig durchnässte Gestalten.

Luise war nur solange froh, zu Hause zu sein, bis ihr auffiel, dass Delphines Haus mindestens so verraucht war wie ein Amsterdamer Coffeeshop, und leider auch entsprechend roch. Drinnen waren Stimmengewirr und Gelächter zu hören. Jemand spielte am Klavier und sang falsch. Mit den Worten: „Ach Mist, das Jährliche! Ausgerechnet heute“, schlug Luise eilig die Tür wieder zu. Sie und Nikodemos standen immer noch draußen auf der Schwelle. Er sah sie verdutzt an.

„Was war das jetzt?“, fragte er.

Doch bevor Luise antworten konnte, öffnete sich die Tür wieder. Delphine war ganz in Schwarz gekleidet und trug ihre langen, silbergrauen Haare ausnahmsweise nicht zu dem typischen unordentlichen Dutt hochgesteckt, sondern offen. Sie linste verwirrt über den Rand ihrer filigranen Brille und grinste seltsam.

„Nikodemos! Was für eine Überraschung! Kommen Sie herein. Hier sind ein paar Leute, die Sie kennenlernen sollten, wenn Sie sich ernsthaft für Philosophie interessieren. Heute ist nämlich mein Existenzialisten- und Anarchisten-Treffen. Das heißt, meine Gäste sind oder waren nicht unbedingt beides gleichzeitig, aber im Studium in Paris habe ich damals völlig verschiedene Intellektuelle getroffen! Philosophen, Künstler … wir haben gerade darüber diskutiert, welche Rolle die ′Dialektik der Aufklärung′ in der heutigen Zeit noch spielt, aber dann sind wir vom Thema abgekommen und haben über Mondereignisse gesprochen. Ist der Mond heute eigentlich schon aufgegangen? Wie spät ist es denn?“

„Tantchen!“, unterbrach Luise den Redeschwall ihrer Tante. „Ihr qualmt ja die ganze Nachbarschaft voll. Ich will keine Razzia im Haus haben.“

Delphine schüttelte energisch den Kopf. „Was hat denn bitte die Polizei hier zu suchen? Die Nachbarn sind okay. Da wäre es schon ein großer Zufall, wenn heute die Beamten Streife fahren.“

„Vielleicht wollen sie ja Nikodemos verhaften“, entgegnete Luise bissig.

Delphine sah ihn ungläubig an. „Was haben Sie denn verbrochen? Ein Buch nicht wieder in der Bibliothek abgegeben? Aber ja … Sie sehen fürchterlich aus. Trinken Sie doch ein Gläschen mit uns, vielleicht können Sie etwas interessantes zum Gespräch beisteuern und wir muntern Sie auf.“

„Später vielleicht. Wenn die unmöglichen Individuen weg sind“, maulte Luise, packte Nikodemos am Arm und rannte plötzlich los. Er stolperte perplex hinter ihr her, sie zerrte ihn durch den Garten zur Kellertür. Dann betraten sie den Keller.

„Was soll das?“, keuchte er verständnislos.

Luise sah ihn aus ihren klaren Augen ernst an. „Sie hat heute ihr Jahrestreffen mit ihren alten Kommilitonen und anderen seltsamen Leuten. Das eskaliert jedes Jahr, ein ziemliches Desaster. Hatte ich völlig vergessen, dass es heute ist. Alle völlig gestört, kann ich dir sagen. Geh´ schnell hoch in dein Zimmer, ich ziehe mich noch um und komme dann nach.“

„Wieso willst du mich von den interessanten Leuten fernhalten?“, fragte Nikodemos eingeschnappt. „Weil du Erholung brauchst und denen auf keinen Fall von dem Verbrechen erzählen darfst. Die werden sich auf deine Geschichte stürzen wie Aasgeier.“

„Ach was, du übertreibst bestimmt maßlos. Mit Delphine komme ich auch besser klar, als du es für möglich halten würdest.“

„Ja, aber du hast sie noch nie high erlebt. Das spart sie sich immer fürs Jährliche auf. Und falls es dir immer noch nicht klar ist – es kriegen mich keine hundert Haselhühner zu denen an den Tisch. Sie oder ich! Entscheide!“

Nikodemos versuchte sich seine Enttäuschung nicht anmerken zu lassen und lächelte sanftmütig. „Gut, dann treffen wir uns in ein paar Minuten in meinem Zimmer. Aber wenn du mir nicht weiterhelfen kannst, frage ich die Philosophen!“

Als Luise Nikodemos´ Dachkammer betrat, lag er auf dem Bett und schien eingeschlafen zu sein. Er trug jetzt ein T-Shirt und Jogginghosen, sah also beinahe wie ein normaler Mensch des 21. Jahrhunderts aus. Jedenfalls hätte man bei diesem Anblick nicht vermutet, dass er in der Uni meistens in einem kuriosen, aber schicken alten Detektivmantel herumlief und Mafiaschuhe dazu trug. Sie überlegte, ob sie ihn überhaupt wecken sollte. Er hatte schließlich einiges durchgemacht. Jedenfalls, wenn er sich nicht in den undurchschaubaren Urwald der maßlosen Übertreibungen begeben hatte. Luise wusste sehr wohl, dass Nikodemos nie beabsichtigt hatte, sich ihr anzuvertrauen. Es wäre ihm beinahe nichts anderes übrig geblieben – aber hatte er nicht alles getan, um dieses Gespräch zu verhindern? Sie hätten auf den Bus warten müssen, aber er hatte ihnen eine Gelegenheit besorgt, zu trampen! Das tat doch nur jemand, der nicht reden wollte. Weil er etwas zu verbergen hatte. Ihre stark ausgeprägte Neugier besiegte den Bruchteil an Taktgefühl, den sie besaß, und Luise brüllte: „Aufwachen, Haselhuhn!“

Nikodemos schreckte hoch und wäre beinahe aus dem Bett gefallen. „Das nennt man wohl Sekundenschlaf“, brummte er vor sich ihn, während er sich widerwillig aufrappelte. „Ich war auf einmal so wahnsinnig müde ...“Er sah Luise zerstreut an und machte eine vage Geste mit der Hand. „Setz´ dich irgendwo hin.“

Auf seinem Schreibtischstuhl stapelten sich die Bücher, über der Lehne hingen verschiedene Kleidungsstücke. Luise nahm den Bücherstapel und stellte ihn auf den ohnehin schon überladenen Schreibtisch. Das oberste Buch erregte ihre Aufmerksamkeit. „Schuld und Sühne? Dein Ernst? In deiner Situation?“, fragte sie, und bedachte Nikodemos mit einem prüfenden Blick.

Er antwortete mit einem zynischen Lächeln. „Vermutlich hat damit alles angefangen.“

Ein Schauer lief Luise über den Rücken. Bis jetzt war sie hin- und hergerissen gewesen, ob sie diesem durchgedrehten Philosophiestudenten seine Geschichte sowieso nicht glauben sollte oder ob sie doch bereit sein sollte, keine Zweifel an seinen Behauptungen zu hegen. Was, wenn er tatsächlich verdächtigt wurde – aber nicht zu Unrecht? Der Gedanke, dass Nikodemos ein Verbrechen begangen haben könnte, war ihr bis zu diesem Moment seltsam fremd gewesen. Die Vorstellung störte sie. Er war nicht der Typ dafür. Er sah eher jünger aus als einundzwanzig, wirkte freundlich und harmlos. Normalerweise. Wie er sie nun so düster ansah, mit diesem undefinierbarer Gesichtsausdruck und den wirren Haarsträhnen, die ihm ins Gesicht hingen … Auf einmal war sie sich nicht mehr so sicher, was ihm zuzutrauen war. Sie ertappte sich bei dem Gedanken, dass auch Menschen zum Täter werden konnten, denen man dies niemals zugetraut hätte. Warum nicht Nikodemos? Sie kannte ihn nicht einmal besonders gut. Und in dem Buch von Dostojewski, das auf seinem Schreibtisch lag, ging es schließlich um einen Mörder. Der berühmteste Mörder der Literaturgeschichte war ein junger, ehemaliger Student …

Wichtige Information: Der Biograf kündigt!

Wahrscheinlich hat sie dieses Buch nie gelesen, sondern Delphine hat ihr davon erzählt, um sie zur Lektüre zu überreden.

Deshalb wusste Luise vielleicht so ungefähr, was darin vorkommt.

Ich glaube nicht, dass sie viel liest. Sie ist ein praktischer Mensch, ohne Begeisterung für Literatur.

Klassiker findet sie wegen der untergeordneten Rolle der Frau meistens sexistisch, Besteller sind für sie ein rein kapitalistisches Phänomen, und Unterhaltungsliteratur empfindet sie sowieso als lächerliche Zeitverschwendung.

Luise liest bestimmt nur Zeitungsartikel und wissenschaftliche Bücher über Probleme. Soziale Probleme, Umweltprobleme, alle möglichen Probleme … alles sehr sachlich jedenfalls.

Deshalb vermute ich, dass sie „Schuld und Sühne“ nie gelesen hat.

Ich dagegen musste es lesen, um Nikodemos besser zu verstehen, seine Situation authentischer zu schildern. Aber ich kann mich nicht beschweren, es hat sich am Ende doch gelohnt.

Vielleicht hat es sich mehr gelohnt, dieses Buch zu lesen, als mein Versuch, einen *bescheuerten Krimi* zu schreiben.

Ich habe schon ewig kein Buch mehr angerührt, seit der Grundschule nicht mehr, und dann diesen dicken Wälzer lesen – das war schon eine Herausforderung. Na, wenigstens komme ich mir jetzt gebildeter vor.

Aber einen Krimi schreiben? Bescheuerte Idee. Dabei war es nicht mal seine Idee.

Ich war so blöd ihm vorzuschlagen, sein Biograf zu werden. Nick erlebt schließlich ständig spannende Abenteuer. Außerdem war er der Meinung, dass jeder große Philosoph irgendwann einen Biografen braucht.

Allerdings hat der „große Philosoph“ bisher nicht mal seinen Bachelor und tut alles Erdenkliche dafür, dass es auch in Zukunft so bleiben wird. Und sein Biograf ... ist ein gelernter Maler, der nicht über die Realschule hinausgekommen ist.

Soweit ich das beurteilen kann, bin ich ein hervorragender Maler, während Nikodemos ein sehr nachlässiger Student ist.

Aber dass ich meinen Brotberuf besser erledige, als er sein Studium, hat leider nichts damit zu tun, ob ich mich als Schriftsteller eigne … und so langsam merke ich, dass ich mir da zu viel vorgenommen habe.

Eine komplette Biografie! In Fortsetzungen! Ich habe jetzt schon keinen Bock mehr.

Das ist die Mühe echt nicht wert. Und der Student fängt an zu nerven.

Er ist echt ein guter Kumpel, das will ich hier nicht in Frage stellen … aber die Art, wie er sich über meine schriftstellerischen Fähigkeiten auslässt - das ist echt das Letzte!

Nick kann mich eh nicht für meine Arbeit bezahlen. Und er behauptet auch immer, dass er selbst gern Karriere als Schriftsteller machen würde, wäre der Job als Detektiv ihm nicht in die Quere gekommen. Doch ich merke, dass es mir schwerfällt, seine Geschichte zu erzählen.

Er beschwert sich ja doch über alles, was ich zu Papier bringe.

Und wenn er angeblich so gut im Schreiben ist - ja dann soll er es gefälligst tun!

Es ist seine Geschichte, er trägt die Verantwortung dafür.

Wir kannten uns noch nicht, als er das alles erlebt hat. Wie soll ich das denn beschreiben?

Ja, ich denke, ich werde kündigen.

Hast du das mitbekommen, Nikodemos? Nein?

Das kommt davon, dass du die Entwürfe des ersten Kapitels nie genau liest, sondern sie immer nur überfliegst, und sie dann sofort wegwirfst.

Na gut. Dann eben offiziell:

Hey Nick,

so geht's echt nicht weiter!

In was bin ich da hinein geraten?

Du weißt, dass ich Maler bin.

Was erwartest du von mir? Ich habe auch noch was anderes zu tun, als deine Memoiren zu schreiben! Das kannst du sicher besser.

So, ich bin raus. Sorry.

Verrat!

Mein Biograf hat mich verlassen!

Das hat man davon, wenn man Amateure für sich arbeiten lässt. Soll er sich doch wieder mit Esat um das Streichen von Hausfassaden kümmern. Und das Schreiben einem Profi überlassen.

Eine Biografie brauche ich aber trotzdem, das steht fest.

Seit ich vor zwei Jahren mein Studium angefangen habe, ist so viel passiert, dass ich diese Erlebnisse unmöglich der Welt vorenthalten kann!

Der Proletarier hat also das Weite gesucht und ich muss meine Erinnerungen an das erste Semester selbst zu Papier bringen.

Zum Glück muss ich ihn dabei mit keiner Zeile erwähnen, denn ich habe Tobi und Esat, meine Malerfreunde, erst durch die Ermittlungen im japanischen Restaurant kennengelernt, also kurz vor Beginn des zweiten Semesters. Dabei handelt sich um einen völlig anderen Fall.

Tobi war dieser Schreibaufgabe wohl einfach nicht gewachsen.

Und jetzt bin ich wieder auf mich allein gestellt.

Es ist ein seltsames Gefühl, einem unbekannten Leser das eigene Erleben ausführlich schildern zu müssen. Das ist ja fast so, wie das Internet zu benutzen, während der Geheimdienst bestens darüber informiert ist, was ich im Netz so anstelle. Demnach ganz normal heutzutage.

Ich werde keine Zeit damit verschwenden, die LeserInnen mit Korrekturen ungenauer Aussagen des Ex-Erzählers zu langweilen.

Da ich nicht weiß, wo genau ich beginnen soll, habe ich beschlossen, diesen Fall chronologisch zu rekonstruieren.

Und nicht nur den Fall, sondern auch den Anfang meines Studentenlebens, der untrennbar mit den Ereignissen verflochten ist, die mich in diese nervenzerrüttende Lage bugsiert haben. Deshalb beginne ich mit einer knappen Schilderung meiner ersten Woche an der Universität.

1

Die Nichte meiner Vermieterin

Ich war erst am Freitag vor Vorlesungsbeginn umgezogen. Den verspäteten Umzug hatte ich meinem mangelnden Organisationstalent zuzuschreiben, das mich veranlasst hatte, erst wenige Wochen vor Studienbeginn eine Wohnung zu suchen. Das führte dazu, dass ich in Konstanz dann gar keine Wohnung mehr bekam. Es lag wohl auch daran, dass ich mich nicht besonders gern auf Internetplattformen tummle und Telefonieren mir ein Graus ist. Ich hatte mich schon mit dem Gedanken vertraut gemacht, wahlweise in ein Wohnmobil oder, weil das zu teuer für mich war, in ein Zelt im Uniwald zu ziehen (hey, das wäre doch episch – Nikodemos der Waldphilosoph – ich könnte Geld verdienen, indem ich Eintritt verlange, und meinen Kommilitonen wahrsage. Komplett verworfen habe ich diese Idee bis jetzt noch nicht ...) als doch noch das rettende Angebot kam.

Alles in allem hatte ich meine Hoffnungen schon aufgegeben, als ich meinen Studentenausweis in der Uni abholte. Doch in der Warteschlange vor mich hin starrend, entdeckte ich an einer Pinnwand den Weg zur Erlösung aus dem Wohnungsdilemma.

Ich gebe zu, eine echte Wohnung war es nicht, auch keine richtige Studenten-WG, und obendrein war es noch nicht mal in der richtigen Stadt. Kurz: das Angebot bezog sich auf ein Dachzimmer in einem Haus, das sich in irgendeinem Kaff auf der anderen Seeseite befand. Aber immerhin war es bezahlbar, somit also eine Möglichkeit für mich, weder auf der Straße noch im Studentenwohnheim hausen zu müssen. Dinge die auf -heim enden haben für mich keinen 100%ig vertrauenswürdigen Charakter: Kinderheim, Altenheim, Flüchtlingsheim, Obdachlosenheim, Tierheim … Studentenwohnheim? Das hört sich einfach so an, als müssten viele bemitleidenswerte Individuen, die einander nicht kennen, auf engem Raum zusammen leben. Deshalb war ich gar nicht sonderlich betrübt über ein Zimmer in einem Haus auf der anderen Seeseite und schrieb der Vermieterin sogleich eine Nachricht, denn sie hatte auf dem Flyer ihrer Handynummer angegeben.

Noch am gleichen Tag wurde ich zu einer Wohnungsbesichtigung eingeladen. Frohen Mutes begab ich mich dorthin und sah großzügig von dem deprimierend trüben Nebelwetter ab, das an diesem Herbsttag vorherrschte. Die vorangegangenen Tage waren noch in der Oktobersonne erstrahlt, aber ein Wetterwechsel hatte alles kühl und düster werden lassen. Meine gute Laune wurde jedoch keineswegs von solchen Nichtigkeiten beeinträchtigt. Ich fand mich vor einem schon in die Jahre gekommenen Haus mit wildem Garten wieder, der im Frühjahr oder Sommer bestimmt seinen Reiz haben musste, nun aber finster und trostlos wirkte. Ein großer Baum mit orangenen Blättern war der einzige Farbtupfer.

Ich ging bis zur Haustür und blieb dort ratlos stehen, denn sie war trotz des kühlen Wetters sperrangelweit geöffnet. Hatte die Besitzerin vergessen, sie zu schließen? War es ein Test, um mich auf die Probe zu stellen? Vielleicht wollte sie herausfinden, wie dreist ich war. Ob ich einfach eintreten würde, anstatt zu klingeln. Wenn ich das tat, würde vielleicht nie ein Mietvertrag zustande kommen. Oder sie würde mich im Gegenteil für einen langweiligen Spießer halten, mit dem nichts anzufangen war, wenn ich jetzt klingelte, obwohl die Haustür bereits geöffnet war.

Vielleicht war dort drinnen jemand Soziologe und wollte feststellen, ob ich mich an gesellschaftliche Normen hielt.

Mir fiel ein, dass ich besser Soziologie als Nebenfach hätte wählen sollen. Physik war eine schlechte Entscheidung gewesen. Nur weil ich das Theaterstück „Die Physiker“ gesehen und gelesen hatte, und Schrödingers Katze mein Lieblingstier war, machte das noch keinen großen Physiker aus mir. Das dämmerte mir, als ich vor der offenen Tür stand und über soziologische Feldforschung nachsann.

Vor lauter Denksport hatte ich gar nicht bemerkt, wie sich jemand zu mir gesellt hatte, und mich argwöhnisch musterte.Wie gesagt, ich habe es damals nicht bewusst wahrgenommen. Aber ich bin mir sicher, dass sie mich argwöhnisch gemustert hat.

Bei dieser ersten Begegnung mit Luise blieb mir nicht genügend Zeit, sie eingehender zu betrachten. Die detaillierten Personenbeschreibungen in Romanen sind meist übertrieben ausführlich, wobei ich sagen muss, dass ich in Wirklichkeit meist ein eher verschwommenes Bild von Menschen vor Augen habe, denen ich erst einmal begegnet bin. Damals fiel mir nur auf, dass sie attraktiv war und sehr kurze, helle Haare hatte. Inzwischen kenne ich sie schon länger, deshalb kann ich schreiben: die junge Frau, die wie aus dem Nichts aufgetaucht war, hatte kurzes blondes Haar, eisblaue Augen. Ihr Gesicht hatte die strenge Schönheit einer antiken Statue. Sie war schlank und beinahe so groß wie ich. In ihrem Blick lag eine mir beinahe unerträgliche Skepsis und ich wartete nervös auf ein unerbittliches Urteil. „Was machst du hier?“, fragte sie mit ihrer klaren Stimme, die gut zu einer Nachrichtensprecherin passen würde.

„Ich wohne hier demnächst zur Zwischenmiete“, erklärte ich hastig, obwohl das zu diesem Zeitpunkt noch nicht einmal sicher war.

„Ach – dann bist du dieser neue Mieter mit dem lustigen Namen! Nikolaus Haselmaus?“ „Nikodemos Haselhuhn.“

„Nicht viel besser. Bisher bin ich noch keinem Nikodemos begegnet. Ehrlich gesagt dachte ich, du bist älter.“

„Echt?“

„Ja, ich habe mir bei dem Namen einen älteren Herrn vorgestellt. So einen Rentner, der sein Studium nachholt. Dabei bist du ja erschreckend jung.“

Ich wollte gerade etwas erwidern, als eine Windböe die Tür mit einem lauten Krachen zuschlug. Wir zuckten beide zusammen.

„Du bist aber nicht die Vermieterin?“, fragte ich halb im Scherz, um herauszufinden, was sie hier verloren hatte.

Andere Studenten, die das Haus bewohnten, waren nicht erwähnt worden.

Sie winkte spöttisch ab: „Nein, mit vierundzwanzig habe ich noch kein Haus, das ich dafür zur Verfügung stellen könnte. Für das Studium lebe ich bei meiner Tante, und die ist der Meinung, dass ihr Haus zu groß für zwei Personen ist. Also besteht sie darauf, das Dachzimmer an merkwürdige Leute zu vermieten und sich dabei wohltätig zu fühlen.“

„Hälst du mich für merkwürdig?“, fragte ich interessiert.

Ich fragte zwar mit gespielten Desinteresse, aber das misslingt immer und verrät mein Interesse. Trotz ihrer schroffen Art gefiel sie mir ziemlich gut. Und falls sie mich für merkwürdig hielt, war ich in ihren Augen wohl würdig, bemerkt zu werden.

„Alle waren bisher merkwürdig. Daraus lässt sich zwar nicht automatisch schließen, dass du es auch sein wirst, aber es ist naheliegend. Außerdem hast du neben der offenen Tür gestanden, als ich gekommen bin. Hast du auf bessere Zeiten gewartet?“

Mit diesen Worten schloss sie die Tür auf und wir traten ein.

Damals war sie mir gegenüber wohl noch misstrauisch, denn sie lästerte noch nicht über die Gepflogenheiten ihrer exzentrischen Tante, so wie sie es jetzt gewöhnlich tut. Sie scheint mir inzwischen zu vertrauen. Fremden gegenüber gibt sie diese Unstimmigkeiten mit Delphine nur ungern zu.

Sobald wir eingetreten waren, rief sie: „Tantchen! Der neue Mieter ist da!“ Und ihre Tante kam auch sogleich aus einem Raum, von dem ich später erfuhr, dass es die Küche war. Es handelte sich um eine große Frau um die siebzig. Sie hatte lange silbergraue Haare und ein ausdrucksvolles Gesicht. Ihre forschenden Augen lächelten mich durch die elegante Brille hindurch milde an. Sie musste in Sekundenschnelle ihr Urteil über mich gefällt haben - und war wohl zu dem Schluss gekommen, dass ich keinen schrecklichen Eindruck auf sie machte.

Sie lief freudestrahlend auf mich zu und schüttelte mir kräftig die Hand: „Freut mich, Sie kennenzulernen, Nikodemos. Ich bin Delphine Manet. So kurz vor Semesterbeginn hatte ich schon nicht mehr mit einem Mieter gerechnet, da ist es um so besser, dass Sie sich für das Zimmer interessieren. Ich werde es Ihnen gleich zeigen. Es ist möbliert, hat ein Bad, einen kleinen Kühlschrank und einen Wasserkocher. Die Küche hier unten können Sie gerne mitbenutzen, und ich denke, Luise wird auch nichts dagegen haben, wenn Sie sich hin und wieder im Wohnzimmer aufhalten.“ Sie warf ihrer Nichte einen kurzen Blick zu. „Solange du nicht die ganze Nacht fernsiehst“, murmelte Luise gleichgültig.

Ich folgte ihnen auf der Treppe in das obere Stockwerk. Das Dachzimmer war klein und ein wenig düster, aber es wirkte wohnlich auf mich. Kein Vergleich zu den Behausungen, die Dostojewski in seinen Romanen beschreibt. Froh, dass ich mein Studentendasein nicht in einer Behausung wie Raskolnikow oder gar in einem Kellerloch fristen sollte, bedankte ich mich überschwänglich und lobte die große Behaglichkeit des Zimmers. Luise (ich weiß nicht mehr genau, wann ich ihren Namen erfahren habe) betrachtete mich skeptisch, während Delphine sich köstlich zu amüsieren schien. „Dann ziehen Sie am Besten noch am Wochenende hier ein“, entschied sie.

Wir tranken dann noch einen Kaffee und unterhielten uns über verschiedene Details, die für Mieter relevant sind, aber für die Leser sehr langweilig sein müssen.

Jedenfalls erfuhr ich zu diesem Zeitpunkt noch nicht, was Delphine beruflich machte. Ich ging automatisch davon aus, dass sie bereits in Rente war. Und auch Luise und ich redeten nicht über unsere Studiengänge.

Das führte später zu einer unangenehmen Überraschung.

2

Menschen an der Universität

Da die ersten Tage an der Uni ohne außergewöhnliche Vorfälle verliefen, werde ich mit den unangenehmen Überraschungen fortfahren, um meine Leserschaft nicht zu langweilen.

Das nächste erwähnenswerte Ereignis war demnach die Vorstellungsrunde der Professoren. Die Veranstaltung fand an einem Donnerstagabend statt und vielleicht erklärt das, warum sich außer mir nur vier weitere Erstis dorthin bemühten. Falls es an diesem Abend eine coolere Veranstaltung gegeben hat, bin ich nicht darüber informiert worden.

Jedenfalls schaute ich mir die Profs an und vielleicht liegt hierin die Ursache für alle weiteren Verwicklungen. Die anderen Studenten beachtete ich erstmal nicht, da ich zu spät war und mich unbemerkt in den Raum schleichen musste. Tatsächlich war ich weit weniger unbemerkt als erhofft dort angekommen. Ich hatte das Gefühl, jeder Anwesende im Raum würde mich neugierig anstarren. Als ich mit gesenkten Blick Platz genommen hatte und mich anschließend verstohlen umsah, bemerkte ich etwas höchst Irritierendes: die Professoren standen in einer Reihe und waren gerade dabei, sich nacheinander vorzustellen. Doch unter ihnen befand sich eine Person, die zu diesem Zeitpunkt aus meiner beschränkten Perspektive dort nichts zu suchen hatte – Delphine Manet! Meine Vermieterin, die darauf bestand, dass ich sie mit Vornamen anredete.

Wenigstens schien sie genauso überrascht zu sein, mich zu sehen. Sie hatte wohl nicht damit gerechnet, dass ihr neuer Untermieter Philosophiestudent war. Mit einer Mischung aus Schrecken und Verwunderung wartete ich, bis sie an der Reihe war. Deshalb überhörte ich, was die anderen Dozenten und Professoren von sich und ihren Seminaren zu erzählen hatten. Delphine berichtete, sie habe in Paris und Berlin studiert. Sie sei Professorin für theoretische Philosophie und unterrichte die Logik-Vorlesungen hier an der Uni. In diesem Moment beschloss ich, die Logisch-semantische Propädeutik (kurz: LSP) ins dritte Semester zu verschieben, um ihr aus dem Weg zu gehen. Zu schaurig war mir der Gedanke, eines Tages in der Vorlesung gefragt zu werden, wann ich endlich meine Miete zahlen würde.

Nach ihr stellte sich der Professor für die Grundlagenvorlesung über praktische Philosophie vor. Mein Unbehagen wuchs. Er war der grässlichste Mensch, den ich je gesehen hatte. Es ist schwer, diesen ersten Eindruck zu beschreiben. Jedenfalls hatte er mich schon, als ich den Raum verspätet betreten hatte, angestarrt wie ein Raubvogel auf Beutefang. Während er sprach wanderte sein starrer Blick über uns wenige Studenten. Sein Tonfall hatte etwas durchgehend ironisches. Er war noch nicht besonders alt, vielleicht Mitte Vierzig, hatte einen Spitzbart, trug eine Brille mit grünen Gläsern, ein weites schwarzes Shirt auf dem eine schaurige Eule abgebildet war, dunkle Hosen - und dazu Badelatschen!

So schnell befand man sich in einer Dilemmasituation. Nun hatte ich, was die Grundlagen der Philosophie betraf, die Wahl, die Vorlesung meiner Vermieterin oder die eines Zombies zu besuchen. Ich konnte schließlich nicht beides ausfallen lassen. Ich entschied mich für den Zombie. Vielleicht war dieser Professor Heidesand - so sein Name - ja ganz in Ordnung und der erste Eindruck täuschte. Jeder Mensch hat einen guten Kern (und wenn dieser Mensch mir diese Überzeugung durch sein Beispiel widerlegen würde, konnte ich dennoch hoffen, das er wenigstens in der Lage war, eine niveauvolle Vorlesung zu halten). Da ich mit diesen Gedanken beschäftigt war, hörte ich den nächsten beiden Dozenten nicht mehr wirklich zu.

Anschließend wurde das Buffet eröffnet und wir hatten die Möglichkeit, die Profs nun persönlich kennenzulernen. Weil das nicht meine Absicht war, überlegte ich, wen von meinen zukünftigen Kommilitonen ich ansprechen sollte. Zwei kannte ich schon von der Ersti-Kneipentour. Der Typ hatte sich über meine zukünftige Karriere als Taxifahrer ausgelassen und das Mädchen hatte nur blöd über alles gelacht, was er sagte.

Ein großer, bleicher Student den ich bisher entweder noch nirgends gesehen oder schon wieder vergessen hatte, starrte mit konzentrierter Miene auf den Bildschirm seines Smartphones. Übrig blieb daher nur ein kleines, zartes Wesen mit eigenwilligem Gesicht und langen zerzausten Haaren in der ungewöhnlichen Farbe dunkelblau. Der Farbverlauf begann am Scheitel und der oberen Hälfte des wirren Ponys mit schwarz, verwandelte sich dann in ein Schwarzblau und endete in den langen Haarspitzen in einem leuchtenden Ozeanblau.

Ich wollte sie gerade ansprechen, war schon auf dem Weg zu ihr (sie stand übrigens vor einem Büchertisch mit aussortierten Philosophie-Büchern, was mich in dem Vorhaben bestärkte, mich in ihre Nähe zu begeben) als irgendein Störenfried hinter mir fragte: „Können Sie sich vorstellen, warum so wenige Studierende uns heute mit ihrer Anwesenheit ehren?“ Der gruselige Professor mit der grünen Brille musste sich heimlich angeschlichen haben. Ich schluckte und drehte mich langsam um.

„Nein, ist unerklärlich“, brummte ich.

„Sie beschäftigen sich wohl mit wichtigeren Fragen“, bemerkte der Prof spöttisch. „Aber was wäre, wenn sie aus einem bestimmten Grund nicht hier sind, der für Sie von größter Bedeutung sein könnte?“

Ich runzelte die Stirn. „Solange ich nicht erfahren würde, welcher Grund das ist, hätte er keine Bedeutung für mich.“

„Aber Sie sind doch sicher neugierig. Würden Sie Nachforschungen darüber anstellen, könnten Sie den Grund erfahren und feststellen, ob er für ihr Leben Relevanz hat.“

„Ja, wahrscheinlich ist das so. Aber ich will mich lieber mit spannenderen Fragen auseinandersetzen.“

Er lächelte seltsam. „Das werden Sie“, sagte er bedeutungsvoll und murmelte noch im Weggehen zwei weitere Male: „Das werden Sie.“

Ich unterließ den müßigen Versuch, zu interpretieren wie er diese Andeutungen gemeint haben könnte. Es gab tatsächlich keinen spektakulären Grund, keine Verschwörung unter meinen neuen Kommilitonen, wie ich später herausfand. Als ich Ende des Semesters meinen Kumpel Sven kennenlernte erklärte er mir, dass sich einige von ihnen zum Kartenspielen und Biertrinken verabredet hatten und darüber den Termin schlichtweg vergessen hatten. Heidesands andere Andeutung mit den spannenderen Fragen hingegen war um einiges bedeutungsvoller als ich zu diesem Zeitpunkt hätte ahnen können. Doch dazu später.

Um mich von dieser unheimlichen Begegnung abzulenken, nahm ich einen guten Teil meines Mutes zusammen (all meinen Mut brauche ich für so etwas dann doch nicht; ansonsten wäre ich ziemlich feige) und ging zu Delphine hinüber. Die Kommilitonin, die ich hatte ansprechen wollen, musste warten. Es war wichtiger zu wissen ob ich meine Bleibe behalten durfte. Ich war nervös davor, wie Delphine wohl reagieren würde. Doch als sie bemerkte, dass ich in ihre Richtung ging, lächelte sie mich herzlich an: „Haben Sie sich bisher gut zurechtgefunden?“, fragte sie, als ich mich zu ihr an den Stehtisch gesellte.

Ich nickte. „Kann mich nicht beklagen. Nur der Stundenplan macht mir noch zu schaffen. Bin nicht gewohnt, dass man ihn selbst zusammenstellen muss. Womöglich werde ich Ihre Vorlesung erst im nächsten Wintersemester besuchen. Ich denke, die Inhalte sind sehr anspruchsvoll. Und ich möchte lieber warten bis ...“

„Ihr Gehirn die dafür nötigen Denkstrukturen ausgebildet hat?“, schlug sie spöttisch vor.

„Ja, ja genau das war meine Überlegung!“, stimmte ich heftig zu. Ich hatte den Satz ja schlecht auf *„bis ich eine neue Wohnung gefunden habe“* enden lassen können.

„Haben Sie noch eine weitere Frage, oder wollten Sie mir nur mitteilen, dass Sie meine Vorlesung erst in einem Jahr besuchen werden?“, schmunzelte Delphine.

„Es geht mir eigentlich um … na sie wissen schon ...“, deutete ich an und brach ab.

Leider ließ sie das Phänomen der Gedankenübertragung nicht gelten. „Sie meinen zu wissen, dass ich schon weiß? Woher denn? Meine Freunde auf der Uni nannten mich zwar ´Das Orakel von Delphi`, aber dieser Titel ist mir so weit vorausgeeilt, dass ich kaum nachgekommen bin. Es ist gefährlich, anderen ein bestimmtes Wissen zu unterstellen. Aber ich habe nicht vor, Sie hier und heute in eine Debatte über Epistemologie zu verwickeln.“

Ihre Antwort war für mich nicht sonderlich gewinnbringend. Und ich war mir sicher, dass sie genau wusste, worum es hier ging. Ihr milder und zugleich listiger Blick war höchst beunruhigend. Bevor ich Sie getroffen hatte, wäre es mir nie in den Sinn gekommen, dass ein Mensch so dreinschauen kann. Vielleicht war es eine Form von gütiger Überlegenheit, falls es so etwas überhaupt gibt. Also sprang ich über meinen Schatten und fragte: „Sie werfen mich nicht raus?"

Delphine lachte schallend. „Da Sie vorerst sowieso keine Prüfung bei mir ablegen wollen und meine Kollegen generell nicht über meine Untermieter informiert sind, wird das wohl kein Problem darstellen. Wenn Sie noch allgemeine Fragen zum Studium haben … Sie wissen ja, wo Sie mich finden."

Ich bedankte mich und machte, dass ich von ihr fortkam. Zwar war sie mir um einiges sympathischer als dieser Professor Heidesand, aber ein entspanntes Gespräch war nun doch etwas anderes. Ich wollte mir gerade noch ein Stück Kuchen schnappen und dann von dieser gruseligen Veranstaltung fliehen, als der hochgewachsene, blasse Student mich am Eingang mit den Worten: „Hey, willst du am Philosophy Slam teilnehmen?", aufhielt.

Ich sah ihn perplex an. „So was gibt's?"

Er nickte. „Wie ein Poetry Slam, nur mit Philosophischen Texten."

„Ich überlege es mir", antwortete ich.

Er runzelte grüblerisch die Stirn. „Gut, gut. Du siehst nämlich so aus, als ob du einen Text schreiben könntest."

Jetzt fühlte ich mich auch von ihm verarscht.

„Hm … wenn ich keine Texte schreiben könnte, wäre es ziemlich tollkühn von mir, dieses Studium anzufangen, findest du nicht?“

„Jaja“, pflichtete er mir sofort bei. „Aber du verwendest Worte wie ′tollkühn′, das machen die meisten Leute nicht.“

„Oh. Hast Recht“, entgegnete ich verblüfft. Mir selbst war das in diesem Moment gar nicht aufgefallen. „Ich lese wohl zu viele alte Bücher. Hast du mir das angesehen?“, erkundigte ich mich.

„Ja“, antwortete er voller Überzeugung.

In diesem Moment beschloss ich, lieber auf Hoodies, statt auf Vintagemäntel zu setzen. Klassiker zu lesen war das eine … im jugendlichen Alter von einundzwanzig Jahren gesagt zu bekommen, man sehe aus, als lese man Klassiker, etwas völlig anderes. Dabei war ich nicht einmal Brillenträger.

„Und wann ist der Slam?“, fragte ich nun doch neugierig geworden.

„Wissen wir noch nicht“, nuschelte er kurz angebunden. „Irgendwann. Aber du kannst ja schon mal einen Text schreiben.“

„Okayyy ...“, sagte ich gedehnt. „Vielleicht mach ich das. Aber jetzt fährt mein Bus. Ciao, vielleicht sehen wir uns ja mal in einem Seminar.“

Und weg war ich. Das mit dem Bus war frei erfunden, ich hatte damals noch keine Ahnung vom Fahrplan. Wäre ich Raucher, ich hätte nach dieser abenteuerlichen Informationsveranstaltung sicher eine Zigarette gebraucht. Da dem glücklicherweise nicht so war, spazierte ich draußen in der kalten Abendluft sinnlos auf dem menschenleeren Campus herum und hing meinen Gedanken nach.

War das zu fassen? So viele eigenartige Subjekte auf einem Haufen? Was war an bodenständigen Ausbildungen und praxisorientierten dualen Studiengängen nochmal so schlimm? Warum hatte ich mich freiwillig in die Welt der Denker begeben? Wer war ich, der sich anmaßte, sich so einer abgehobenen Geisteswissenschaft zu widmen? Wer war ich überhaupt – war ich überhaupt wer? Was war eigentlich der Mensch?

Der Anblick des Mädchens, das ich auf der Veranstaltung doch nicht angesprochen hatte, verhinderte ein tieferes Versinken im philosophischen Sinnieren. Sie stand einsam und rauchend an der Bushaltestelle.

Ich zog mein Handy, dessen Akku leer war, aus der Tasche und starrte vertieft auf den schwarzen Bildschirm, während ich zu ihr hinüberging und mich neben ihr an der Bushaltestelle postierte. Wenige Sekunden schaute ich noch auf das betriebsunfähige Smartphone, bis ich es wieder in die Tasche steckte, ihr wie aus Zufall beiläufig den Blick zuwandte und fragte : „Auch bei den Philosophen?"

Sie sah überrascht zu mir auf. Die Mischung aus Straßenlaternen- und Mondlicht hob die dunklen Schatten unter ihren riesigen türkisfarbenen Augen hervor, von denen ich bis heute nicht sagen kann ob sie nun blau oder grün sind. Sie hatte ein interessantes, weil asymmetrisches Gesicht und erinnerte mich eher an ein Elfenwesen als an einen Menschen.

„Weil die Psychologen mich nicht haben wollten – ja. Jedenfalls nicht als Studentin." Ihre leise Stimme war unerwartet rau und sie sprach ziemlich gedehnt und langsam. Dennoch war ihre Betonung keineswegs unfreundlich oder desinteressiert. Es schien einfach nur ihr Redestil zu sein.

„Und du bist ein richtiger Philosoph?“, fragte sie.

Was bei all den anderen, die ich an diesem Tag getroffen hatte, nicht ohne ironischen Unterton geäußert worden wäre, sagte sie mit einer respektvollen Mischung aus Ernst und Bewunderung.

Ich musste lächeln und murmelte: „Auf dem besten Weg, eines Tages einer zu werden.“

Jetzt fiel mir wieder ein, warum ich eine Ausbildung diesem exotischen Studiengang nicht hatte vorziehen wollen.

„Du rauchst nicht?“, fragte sie, als ich anschließend versonnen schwieg.

Ich schüttelte den Kopf. „Früher manchmal auf Partys. Aber es bringt mir nichts ein.“

Sie sah prüfend den aufsteigenden Rauchschwaden nach. „Das ist wahr. Bisher habe ich hier noch niemanden kennengelernt. Vielleicht sollte ich aufhören, bevor ich andere Raucher kennenlerne und ich diese scheußliche Gewohnheit nie loswerde.“

Ich nickte. „Das ist vernünftig. Wenn du meinst, du schaffst das.“

Sie schüttelte sich leicht. „Pah! Ob ich das schaffe? Es ist schlecht für die Umwelt, schlecht für die Gesundheit, schlecht für die eigenen Finanzen, schlecht für … für was ist Rauchen eigentlich gut? Ich hätte schon längst aufhören sollen. Es passt nicht in die heutige Zeit. Und ich habe genug Probleme.“

Sie warf die Kippe entrüstet auf das Pflaster und stampfte vehement mit ihrem zierlichen Schuh darauf, nur um sie anschließend wieder aufzuheben und in einen Mülleimer zu werfen. Ich sah ihr fasziniert dabei zu.

„Probleme wie … siehst du den Mann mit dem Hut da vor dem Haupteingang?“, fragte sie, als sie die Prozedur beendet hatte.

Ich folgte ihrem Blick. Am Haupteingang stand kein Mensch und auch nichts, was man dafür hätte halten können.

Ich schüttelte zaghaft den Kopf und sah noch einmal genau hin, um zu prüfen, ob ich mich sicher nicht irrte. „Nnnein ...“, brummte ich dann.

Sie seufzte. „Solche Probleme.“

Das hatte sie also mit ihrer Bemerkung über die Psychologen gemeint. Nicht in den Studiengang gekommen, aber ein Fall für den Psychologen. War mir egal. Sie schien sich nicht über mich lustig zu machen, mich vielleicht sogar zu bewundern und das war genau das, was ich jetzt brauchte. Den ganzen Tag hatten Menschen mich ihre Überlegenheit spüren lassen oder mich verspottet und systematisch verwirrt. Diese Person schien einfach ehrlich zu sein und ein spontanes Vertrauen zu mir gefasst zu haben, weshalb sie mir von ihren Macken erzählte. Solche Situationen sind selten, aber nicht unmöglich. Damals ahnte ich nicht, was noch alles kommen würde. Stattdessen war ich ganz begeistert endlich mal wieder wertschätzend behandelt zu werden.

„Wie heißt du?“, wechselte ich das Thema.

„Elenore Rosemary“, kam die Antwort. „Elenore ist okay, früher wurde ich immer Elli genannt, das ist auch okay, aber ...“ „Zu nichtssagend?“, hakte ich nach.

Sie nickte erleichtert. „Wäre ich nicht nach einem Lied von den Turtles benannt, das eigentlich ironisch gemeint ist, könnte ich mich besser mit meinem echten Namen anfreunden. Aber die Assoziationen zu meinem Zweitnamen sind noch fragwürdiger. Also dann besser nur Elenore. Und wie heißt du?“

Es gibt zwei mögliche Reaktionen auf meinen Namen. Entweder eine ähnliche wie ich sie bei Luise erlebt hatte, also die Fraktion, die sich fast darüber totlacht und blöde Sprüche macht oder die andere Fraktion, die absichtlich so ernst dreinschaut als würde ich Paul Meier heißen. Egal wie sie reagieren würde, eines wusste ich: die Grundlage unserer Bekanntschaft konnte nicht die Gleiche bleiben, wenn sie wusste, dass ich Nikodemos Haselhuhn hieß.

„Ich bin Nick“, stellte ich mich diplomatisch vor und schüttelte ihr die Hand.

„Und wie fandest du die Infoveranstaltung heute?“, wollte ich dann von ihr wissen.

„Viel zu viele Leute“, war ihr Urteil. „Ich hasse Getümmel, deshalb bin ich gleich gegangen als die Profs fertig waren.“

Ich war mir nicht sicher, ob man bei unter vierzig Personen (Tutoren und Mitglieder der Fachschaft mitgezählt) in einem großen Raum, von Getümmel sprechen konnte, nahm ihre Feststellung aber so hin. Schließlich war es auch mir zu viel mit diesen komischen Leuten geworden.

„Ja, war eher anstrengend“, pflichtete ich ihr bei.

Leider kam plötzlich ihr Bus, während ich noch einige Minuten auf meinen warten musste. Als ihr Bus abgefahren war, warf ich nochmal einen verstohlenen Blick zum Haupteingang. Immer noch kein Mann mit Hut. Nach einem Witz hatte es sich aber nicht angehört. Seltsam.

Vielleicht hätte ich mich zu diesem Zeitpunkt mehr über sie wundern müssen, aber etwas in mir wollte sich nicht wundern. Elenore war die erste Person im Studium, die ich gern wiedersehen wollte. Leider hatte ich sie nicht nach ihrer Nummer gefragt. Ach, ich hätte damals nicht ahnen können, unter welch verrückten Umständen unsere nächste Begegnung stattfinden würde …

3

Eine unheimliche Vorlesung

Das nächste Ereignis, das sich lohnt beschrieben zu werden, ist nicht die folgende Begegnung mit Elenore, sondern eine kurze Begebenheit aus der Vorlesung bei Professor Heidesand.

Es war irgendein Montagmorgen, vielleicht ein oder zwei Wochen nach der Vorstellungsrunde. Ich hatte Elenore seitdem nicht gesehen und war etwas enttäuscht, dass sie anscheinend nicht die gleichen Vorlesungen besuchte wie ich. Auch an diesem Tag war sie nirgends aufgetaucht und ich versuchte mich gerade mit einer Thermoskanne voll russischem Schwarztee wachzuhalten, um nicht bei Professor Heidesands Erörterungen über Mittel und Zweck vollständig einzuschlafen. Das Thema hätte ganz interessant sein können, wären da nicht meine Müdigkeit und sein monotoner Tonfall in einer ungünstigen Kombination aufeinander getroffen. Meine Sitznachbarn, denen es ähnlich zu gehen schien, hatten sich in die Betrachtung der Smartphone-Bildschirme unter ihren Pulten vertieft. Das war mir dann doch zu unsinnig, weil mich zurzeit ohnehin kaum jemand anschrieb. Ich hoffte diese soziale Flaute im Studium wieder ausgleichen zu können, aber bisher war es mit dem Kennenlernen neuer Leute ja eher kläglich verlaufen. Doch die Handy-unterm-Pult-Geschichte brachte mich auf die Idee, mein Buch aus der Tasche zu fischen und heimlich zu lesen. Das war immerhin spannend und würde mich deshalb auch wachhalten, bis die Vorlesung vorbei war. Schließlich war ich gerade an der Stelle von „Schuld und Sühne“, an der Raskolnikow die Pfandleiherin wirklich erschlagen will! Und deshalb musste ich unbedingt wissen, wie es wie es weiterging. So böse war er mir bisher gar nicht vorgekommen, seine Motive waren mir bisher sogar irgendwie verständlich ... aber ich war trotzdem geschockt, dass er diesen irren Plan nun wirklich in die Tat umsetzen wollte. Also vertiefte ich mich gespannt in die düstere Atmosphäre des alten Petersburg, nippte hin und wieder an meinem Tee, wobei ich aufsah und höchst interessiert in Richtung Professor und Powerpoint starrte, um über meine alternative Beschäftigung hinweg zu täuschen. Das gelang mir aber nicht durchgehend, denn irgendwann fesselte mich die Lektüre zu sehr, um noch an den Prof, den Tee oder meinen Schlafmangel zu denken. Gerade als Raskolnikow das Beil hob, um die Alte zu erschlagen, erhob sich Gemurmel im Hörsaal um mich herum und eine Stimme fragte wie aus weiter Ferne:

„Und was sagen Sie dazu?“

Dann wurde es plötzlich still, meine Kommilitonen waren auf einmal verstummt und mich beschlich der Verdacht, meine Meinung könnte gefragt sein. So unauffällig wie möglich schielte ich in Richtung Professor. Als ich merkte, dass er mich direkt ansah, blickte ich ganz auf.

„Ich wollte Sie gerade fragen, in welchen kontroversen Fällen der Zweck die Mittel heiligt. Aber wie ich sehe, müssen Sie zunächst wieder in unseren Sphären ankommen … was lesen sie da Schönes? Kant? Schopenhauer?" „Dostojewski." „Na schön, das beruhigt mich. Wenigstens nicht so etwas Triviales wie Fifty Shades of Grey."

Der Hörsaal kicherte. „Lassen Sie mich raten – Schuld und Sühne?"

Zwar hatte er richtig geraten, aber ich hatte auch „ Der Idiot", „Aufzeichnungen aus dem Kellerloch" und die Kurzgeschichte über den Mann, der von einem Krokodil verschluckt wird, bereits gelesen. Deshalb ärgerte mich sein herablassender Ton. Es klang danach, als ob ich es nur lesen würde, weil das Buch zu den Klassikern gehört „die man kennen muss", und es naheliegend ist, dass ein Student, wenn er denn überhaupt etwas von diesem wichtigen russischen Autor liest, notwendigerweise zu „Schuld und Sühne" greifen wird. Es sei denn es handelt sich um so einen Freak, der sämtliche Bücher des Autors lesen will. Das hatte ich zu dieser Zeit vielleicht sogar vor, aber da meine literarischen Interessen breit gefächert sind und ich nach solchen Büchern meist einige Monate Erholung brauche, bin ich mir dessen nicht sicher.

Deshalb nickte ich nur mürrisch. Es war mir nicht viel daran gelegen, zur Hauptattraktion im Hörsaal zu avancieren, über die sich alle ungestraft lustig machen durften.

Doch Heidesand ließ nicht locker: „Hervorragend! So lässt sich auch weiter machen. Also, finden Sie, im Falle des Protagonisten heiligt der Zweck die Mittel?"

Ich war so überrumpelt von der Frage, dass ich erst gar nicht wusste, worauf er hinauswollte. Ob es okay ist, ein *Beil* zu nehmen, um jemanden zu töten? Ich stellte keine Gegenfrage, weil mir schon klar war, dass es was anderes sein musste … ach klar, jemanden zu töten und auszurauben war in dem Fall das Mittel - nicht der Zweck. Aber der Zweck zergliederte sich hier in mehrere Teile. Doch waren das nicht eher Gründe und Motive aus seiner Vergangenheit und Gegenwart, als ein konkreter in der Zukunft liegender Zweck? Mei, war das kompliziert. Mir ging auf, dass es sich in diesem Fall wohl um eine Mischung aus Gründen und Zwecken handeln musste. Aber ich war immer noch sehr müde und hatte keinen Bock, allen die Handlung zu erklären. Es war mir zu anstrengend den Literaturbanausen unter uns zu schildern, warum dieser Mord dann doch irgendwie nachvollziehbar war. Also in Raskolnikows Lage, mit seinen Überzeugungen und mit der Hoffnung, anschließend mit dem Geld noch (eventuell) Gutes tun zu können. Das Buch wird meist dahingehend interpretiert, dass nur sein Größenwahn und seine Theorie, geniale Ausnahmemenschen dürften einfach mal gewöhnliche Leute aus dem Weg räumen, ausschlaggebend für seine Tat wären. Allerdings fällt beim Lesen auf, dass er eben kein eiskalter Psychopath ist, der nur aus Langeweile den perfekten Mord begehen will.

Jedoch war es Montag und da ich nicht zweifelhafte Ansichten argumentativ stützten wollte, antwortete ich einfach mit „Nee."

„Der Zweck heiligt hier nicht die Mittel? Also wollen Sie damit sagen, dass es unter keinen Umständen zu rechtfertigen ist, einen Raubmord zu begehen? Auch wenn das Opfer ein schlechter Mensch ist und man das Geld gerne fairer verteilen würde?"

„Man kann das Buch nicht so einfach auf eine Lesart zurecht stutzen“, maulte ich. „Dafür ist es viel zu kompliziert, zu psychologisch. Raskolnikow hat mindestens so viele gut begründete, edelmütige Vorhaben wie irrationale Anfälle, ziemlich wahnsinnige Ideen und erschreckend rationale Theorien. Echt kein gutes Beispiel um es hier am frühen Morgen in den letzten zehn Minuten der Vorlesung zu erörtern. Dafür sind Zweck und Mittel in dem Buch nicht eindeutig genug umrissen! Nehmen sie lieber ein eindeutiges Beispiel, dass wir alle verstehen können, zum Beispiel ob man jemanden foltern darf, damit er den Ort von einem geplanten Terroranschlag verrät und man so die gefährdeten Zivilisten retten kann oder so was in der Art. Oder ob es okay ist ein Boot zu klauen, um jemanden vor dem Ertrinken zu retten.“

Professor Heidesand nickte. „Wenn sie meinen … solche Beispiele mache ich jedes Jahr. Und deshalb dachte ich mir, ein Bezug zur Literatur wäre eine angenehme Abwechslung, schließlich kann man nicht nur aus philosophischen Abhandlungen eine Menge lernen. Kant meinte, dass der Mensch ein Zweck an sich sei und nicht zu einem Mittel für andere Menschen werden dürfe, durch das sie ihre Ziele erreichen können. Sie würden also keinen Menschen töten?“

Seine Fragen machten mich zusehends nervös. Worum ging es ihm denn jetzt schon wieder?

„Nein, ich bin Pazifist. Das heißt, man weiß ja nie, was man aus Notwehr machen würde … aber ansonsten - es ist gemein, über Leben und Tod anderer Leute zu entscheiden! Das will ich doch niemandem antun! Außerdem stelle ich mir die Durchführung eines Mordes gruselig vor. Und es besteht immer ein unkalkulierbares Risiko - dass etwas dazwischen kommt, man selbst in Gefahr gerät, verhaftet wird ...“

„Was wäre also ihr konklusiver Grund, niemanden umzubringen?“, fragte der Professor mit einem seltsamen Funkeln in den Augen. „Ihr Ideal des Pazifismus, das Mitgefühl mit anderen Menschen oder ihre Angst vor dem Risiko?“ „Was soll denn das heißen?“, rief ich empört. „Konklusiver Grund? Das klingt ja fast so, als müsste ich in dem Fall was abwägen! Eine Liste machen, was dafür und was dagegen spricht, einen Mitmenschen um die Ecke zu bringen. Aber die Frage stelle ich mir doch gar nicht! So was tun Menschen höchstens unter extremen Lebensumständen, oder wenn sie jemanden abgrundtief hassen oder selbst total gestört sind, aber *ich* denke nicht einmal an so etwas.“

Ich war kurz davor die Vorlesung zu verlassen. Alle anderen Dozenten waren freundlicher, sachlicher. Aber der schien mit mir Katz und Maus spielen zu wollen. Gab es nicht auch andere Studenten, die er das fragen konnte?

„Hmm“, machte er langgezogen. „Aber Sie müssen es sich *vorstellen.* Wenn sie keine Vorstellung von einem Mord hätten, könnten Sie gar nicht verstehen, was sie dort lesen.“

Dann packten einige Kommilitonen demonstrativ ihre Blöcke ein und sahen auf die Uhr. Die Vorlesung war beinahe zu Ende. Der Professor beschloss, mich nicht weiter zu quälen und entließ uns für diesen Tag.

Ich war vollkommen verstört. So bald würde ich kein Buch mehr während der Vorlesung lesen. Oder höchstens noch harmlose Kinderbücher wie „Pettersson und Findus“. Da konnte man mich wenigstens nur fragen, ob ich eine Katze behalten würde, die ich in einem Karton vor meiner Tür fand.

Leicht schaudernd machte ich mich zu meinem Schreibseminar auf und versuchte den Vorfall zu vergessen.

Rückblickend wird mir klar, dass es noch eine weitere seltsame Begegnung mit dem Professor gab. Damals hielt ich sie für unwichtig, sie ist mir erst später wieder eingefallen.

Nach einer Erkundungstour durch die große und furchteinflößende Bibliothek, in der sich ein Mensch bestimmt hoffnungslos verirren und anschließend verhungern kann, war ich froh, mit zwei Büchern unterm Arm wieder wohlbehalten zum Ausleihautomaten angelangt zu sein. Bei den Büchern handelte sich um eine Biographie von Sokrates und ein Buch über Gift- und Heilpflanzen. Letzteres lieh ich aus, weil ich zu dieser Zeit unter einem unangenehmen Reizhusten litt und wissen wollte, welcher Kräutertee da hilfreich war. Außerdem war es für einen gelangweilten Studenten recht interessant, sich ein paar grundlegende Kenntnisse der Botanik anzueignen… Professor Heidesand stand an dem Ausleihgerät neben mir und warf einen raschen Blick auf meine Auswahl. „Immer fleißig am Lernen, wie ich sehe. In einer Woche ist Prüfungsanmeldung, nicht vergessen“, war seine überraschend nichtssagende Bemerkung.

Ich hätte die Begebenheit wohl sofort für immer vergessen, wenn ich nicht so erleichtert gewesen wäre, dass er mich diesmal mit seinen nervenaufreibenden Fragen in Ruhe ließ.

Mitte November traf ich den Typen wieder, der mich für den Philosophy Slam gewinnen wollte. Er hatte jetzt auch einen Flyer von der Veranstaltung dabei. Ich war gerade auf der Suche nach etwas Essbaren, das des weiteren auch noch bezahlbar sein musste – eine notwendige Bedingung für mich, um den Rest des Tages nicht hungrig zu verbringen (wenn ich nicht beabsichtigte zu stehlen, zu betteln oder von jemandem zum Essen eingeladen zu werden).

Der vermeintliche Ober-Organisator des Slams (erst später erfuhr ich, dass er selbst daran teilnahm) hieß Gregor.

Er kam voller Elan auf mich zu und rief, während mehrere entgegenkommende Studenten mit Handys, Kaffeebechern und ähnlichen Utensilien in der Hand ihm gerade noch ausweichen konnten: „He – du bist doch der Ersti, der einen Beitrag für unseren Philosophy Slam nächste Woche schreiben wollte!“ Die Vorbeieilenden warfen uns irritierte Blicke zu und ich hätte den Kerl vermöbeln können, so durch die Gegend zu schreien! Durch die Art, wie er das Wort „Ersti“ betonte, kam ich zu dem Glauben, er sei ein Mitglied der Fachschaft und außerdem in einem höheren Semester. Seine aggressive Art, Werbung für diese Veranstaltung zu machen, verriet mir, dass sie wohl verzweifelt Teilnehmer suchten.

Das gehörte zu den nervtötenden Dingen am Aufenthalt in der Uni: ständig wurde man angequatscht - egal ob es sich um Zeitungsabos, Tierschutz, Gewinnspiele, Sektenbücher, Karrierechancen oder Umfragen über die Zukunft der EU handelte. Wenn ich nicht einen exakten Entfernung-in-Metern-und-Sekunden-des-Wartens-Abstand zu den entsprechenden Personen oder Ständen hielt, wurde ich oft das Opfer lästiger Vorschläge. Vielleicht sollte ich mir ein T-Shirt mit der Aufschrift „Ich kaufe nichts, unterschreibe nichts, spende nichts, möchte nichts gewinnen und beantworte auch keine Fragen“ drucken lassen.

Allerdings hatte ich meine Meinung im Bezug auf den Slam bereits revidiert. In den Vorlesungen und Seminaren war ich meistens still, also nicht gerade derjenige, der die Diskussion am Laufen hielt. Mit den paar Leuten, mit denen ich zu der Zeit meistens abhing, kamen auch keine richtigen philosophischen Gespräche zustande. Deshalb konnte ich meinem Mitteilungsbedürfnis in dieser Hinsicht nicht nachkommen. Die Vorstellung, wie ein antiker

Philosoph Weisheiten vor einem erlesenen Publikum von mir zu geben, erschien mir demnach sehr verlockend. Leider hatte ich noch keine Idee für einen Text.

Als ich Gregor das sagte, lachte er nur: „Kommt Zeit, kommt Rat. Eine Woche – das ist machbar. Wenn du willst, kannst du es mich Korrekturlesen lassen, bevor du es einreichst.“

Ich nahm das Angebot dankend an und wurde noch am gleichen Abend hinreichend inspiriert, um einen interessanten Text zu verfassen. Denn meine zweite Begegnung mit Elenore war … mehr als nur ungewöhnlich.

4

Elenores Traum

Ich hatte gerade eine lächerliche Fachschaftsparty vorzeitig verlassen (von welcher Fachschaft sie ausgerichtet wurde, hatte ich bereits wieder vergessen) und lief angetrunken und ziellos umher, da ich keine Bushaltestelle fand. Mein Musikgeschmack ist wie mein Literaturgeschmack sehr heikel und ein ganzer Abend mit Techno, Rap und diesen Sachen in einer haarsträubenden Kombination war mir dann doch zu garstig. Außerdem konnte ich die Leute dort höchstens als Masse bezeichnen und da sich niemand für mich zu interessieren schien, hatte ich schon gar keinen Bock, alle möglichen Individuen dort anzulabern, bis sich jemand meiner erbarmte. Außerdem fragte ich mich, warum ich überhaupt wieder etwas getrunken hatte. Es ist teuer und vernebelt den Geist. Während andere dabei angeblich kreativer und geistreicher werden, wird mir nur alles gleichgültig und ich laufe halt so durch die Gegend, freue mich im besten Fall noch meines Lebens, werde im schlimmsten Fall völlig stumpfsinnig und bin in jedem Fall zuerst eine groteske Mischung aus aufgekratzt und schläfrig, wenige Stunden später dann aber elend. Ich konnte dem Alkohol noch nie viel abgewinnen, und mit dem Kiffen ist es auch so eine Sache, denn in diesem unwirklichen Zustand ist die eigene Wahrnehmung schon so interessant, dass die Motivation und Inspiration zu kreativen Höchstleistungen einfach verschwindet. Vielleicht funktioniert mein Gehirn schon von allein gut genug und braucht keine fremden Substanzen zum Antrieb. Da ich mich nämlich zu etwas Wichtigerem, Höheren, Ungewissen berufen fühle, benötige ich meine ganze Energie, um zu diesem merkwürdigen Etwas zu gelangen.

Dennoch war ich wundersamer Weise dort gewesen und hatte auch das ein oder andere Gläschen nicht abgelehnt. Doch nun, da ich den Club verlassen hatte, fragte ich mich, was ich eigentlich dort gewollt hatte. Meine Langeweile bekämpfen? Irgendein Mädel kennenlernen? Meine Gedankenschleifen unterbrechen?

Ich spazierte im slow-motion-Tempo über die menschenleere Straße, da ich nicht wusste, in welcher Richtung die Bushaltestelle lag, was mir in diesem Moment erstaunlich egal war. Besonders müde war ich jedenfalls noch nicht. Die vor mir liegende Straße entschied sich dafür, doch nicht mehr menschenleer sein zu wollen, und so tauchte eine kleine und schmale Gestalt in meinem Blickfeld auf, deren Schrittgeschwindigkeit die meine noch bei weitem unterbot. Als sie näher kam, bemerkte ich durch das Licht der Straßenlaterne, dass sie lange, indigoblaue Haare hatte. Ich kannte nur eine Person mit so einer Frisur: Elenore.

Dass ich jedoch nur eine Person mit einer solchen Frisur kannte, musste nicht zwangsläufig bedeuten, dass es nicht auch Unbekannte mit dieser Frisur gab. Da ich in dem Moment nicht von einer gesellschaftlich bedingten Schüchternheit daran gehindert wurde, rief ich auf gut Glück ziemlich laut und überschwänglich: „Hey Elenore!“

Sie reagierte nicht.

Zu einer anderen Tageszeit und an einem anderen Ort, etwa auf dem Campus, hätte ich angenommen, dass sie mich entweder nicht wahrgenommen hatte oder mich absichtlich ignorierte. Nun war es hier aber totenstill und ich war weder zu übersehen noch zu überhören gewesen. Selbst wenn sie mich ignorieren wollte, wozu es keinen wirklichen Grund gab, hätte sie wahrscheinlich reflexartig aufsehen müssen, als ich ihren Namen rief. Und wenn es doch nicht Elenore war, dann hätte sie sich zumindest umsehen müssen, wen ich denn rief. Aber sie lief unbeirrt geradeaus, blickte starr vor sich hin und nahm keinerlei Notiz von mir. Die Neugier ließ mich ihr einige Schritte entgegen laufen und immer deutlicher wurden ihre Gesichtszüge, immer klarer wurde die Tatsache, dass es wirklich Elenore Rosemary war. Jedoch war sie seltsam gekleidet. Wir hatten uns zwar nur einmal gesehen, aber das hatte mir ausgereicht, um in ihrem Kleidungsstil eine originelle und künstlerische Note zu verorten. Jetzt dagegen trug sie eine dunkle Jogginghose, eine neongrüne Fleecejacke und bunt gemusterte Hausschuhsocken. Ihre Gleichgültigkeit im Bezug auf mein Erscheinen und diese modische Geschmacksverwirrung ließen in mir eine Ahnung aufsteigen, die ich bestätigt haben wollte. Also ging ich noch ein Stück weiter auf sie zu und stellte mich ihr in den Weg. Sie reagierte nicht, versuchte nicht auszuweichen.

Meine Vermutung war richtig! Elenore schlafwandelte.

Diese Erkenntnis brachte mich aber nur im ersten Moment weiter, da ich nicht wusste, was ich damit anfangen sollte. Sie wecken? Das sollte man doch nicht, hatte ich irgendwo gelesen. Eine bessere Idee fehlte mir leider und so lief ich eine Weile neben ihr her. Dann wurde mir die Situation doch zu seltsam und ich entschied mich für einen Kompromiss - quasi die aristotelische Mitte im Umgang mit Schlafwandlern. Schließlich wollte ich sie weder erschrecken noch vor ein Auto laufen lassen. Deshalb lief ich vorsichtig und mit leisen Schritten dicht neben ihr her, streckte irgendwann den Arm aus und legte ihr behutsam eine Hand auf die Schulter. Mit sanftem Druck versuchte ich sie am Weitergehen zu hindern. Ich atmete erleichtert auf, da Elenore wirklich stehen blieb, und blickte nachdenklich in ihr Gesicht. Nach einigen Sekunden blinzelten ihre großen Augen einige Male und lösten sich aus der gespenstischen Starre.

Sie verzog das Gesicht und sah sich desorientiert um: „Was … wo?“

Dann bemerkte sie mich und meine Hand auf ihrer Schulter. Sie zuckte für einen Moment erschrocken zusammen und ich zog die Hand schnell zurück. Für einen Moment fürchtete ich, sie würde mich nicht wieder erkennen und mir irgendwelche bösen Absichten unterstellen.

„Elenore … du warst … ich bin es, Nick, wir sind uns neulich mal begegnet … bei den Philosophen“, stammelte ich einen grotesk wirren Satz, doch schon als ich ihren Namen aussprach, trat ein Ausdruck des Erkennens in ihre unergründlichen Augen und sie begann zu lächeln.

„Du!“, rief sie mit gedämpfter Stimme. „Jetzt weiß ich es wieder. Verrückt, Mensch, ist das verrückt! Nick … liege ich damit richtig, dass ich mal wieder schlafwandeln war?“

Mein betretener Gesichtsausdruck war ihr wohl Antwort genug.

„Und dabei dachte ich, es hätte aufgehört“, murmelte sie betroffen und starrte in die Leere, bevor sie wieder zu mir aufblickte.

„Weißt du was verrückt ist?“, fragte sie.

„Alles?“, entgegnete ich vage.

Sie lachte mürrisch. „So könnte man sagen. Aber das hier ist richtig verrückt … also, ich hatte unsere Begegnung fast wieder vergessen. Aber heute Nacht habe ich geträumt, du seist in Gefahr. Ich wusste nicht mal von wem ich da träume, es hätte eine Person sein können, die gar nicht existiert. Und jetzt treffe ich ausgerechnet dich und erinnere mich wieder an unser Gespräch an der Bushaltestelle. Ist das nicht verrückt?“

Ich wurde zunehmend nervös. Das klang ja ziemlich spannend, was sie erzählte – aber was wollte sie mir damit sagen? Sie träumte von mir? Und zwar, dass ich in Gefahr sei? Wir kannten uns doch kaum!

„In Gefahr, mich nicht rechtzeitig für die Prüfungen anzumelden? Schon möglich“, spottete ich mit wachsendem Unbehagen.

Frustriert kickte Elenore mit dem Pantoffelsocken einen Kieselstein weg.

„Ah, das ist scheußlich“, bemerkte sie kühl. „Ich dachte, mit euch Philosophen kann man Klartext reden und muss nicht ewig in Gemeinplätzen und Smalltalkfloskeln verharren. Ich weiß, ich wirke lächerlich und rede fantastisches Zeug. Und dennoch bitte ich dich um Respekt vor dem was ich zu sagen habe.“

Die Art, wie sie das sagte, beeindruckte mich und ein unabwendbares Gefühl überkam mich, dass mir hier gerade das Tor zu einer neuen Welt geöffnet wurde, wenn ich mich jetzt nicht benahm wie der alltäglichste Durchschnittsmensch.

„Es tut mir Leid. Ich begegne nicht jeden Tag Schlafwandlern, die auch noch von mir träumen. Wohnst du hier in der Nähe? Ich könnte dich begleiten und du erzählst mir auf dem Weg, wovor ich mich laut deinem Traum besser in acht nehmen sollte“, entschuldigte ich mich für meinen taktlosen Kommentar.

Elenore zögerte einen misstrauischen Moment, dann nickte sie. „Danke. Ja, das können wir so machen. Hier wird es langsam kalt. Allerdings war der Traum nicht sehr konkret ...“, meinte sie und setzte sich in Bewegung.

Benommen folgte ich ihr und fühlte mich auf einmal selbst wie ein Schlafwandler.

„Es gab eine Gruppe von Verschwörern, sie trugen dunkle Kutten und sahen aus wie ein Geheimbund. Jedenfalls hatte ich das Gefühl, du bist in Gefahr und ich muss dich suchen, um dich vor ihnen zu warnen. Doch ich konnte dich nirgends finden … und plötzlich warst du in einem Gerichtssaal, aber alle haben nur gelacht. Du wurdest übrigens beschuldigt, einen logischen Fehlschluss begangen zu haben. Dann haben dich die Männer mit den Kapuzen verfolgt, aber du konntest entkommen. Da war auch noch so eine Eule, die dir schalkhaft zugezwinkert hat. Und dann warst du plötzlich wirklich da und hast mich geweckt.“

„Hm. Rätselhaft“, antwortete ich skeptisch.

„Manche meiner Träume sind wahr geworden. Das Problem war nur, dass ich sie nie rechtzeitig deuten konnte“, behauptete Elenore.

Ich schüttelte ungläubig den Kopf. „Hast du das nicht einfach nachträglich hineininterpretiert?“ Der Versuch, mich auf das Unglaubliche kritiklos einzulassen, scheiterte grandios. Aber meine Zweifel verleugnen? Das würde bedeuten, eine Rolle zu spielen, die mir nicht zusagte.

„Ich spreche von meiner Sichtweise der Dinge, nicht von objektiven Fakten“, erwiderte Elenore und beschleunigte ihren Schritt.

„Deine Sichtweise! Und wenn du es zu einer selbsterfüllenden Prophezeiung machst, indem du an den Wahrheitsgehalt deiner Träume glaubst?“, fragte ich während ich hinter ihr her hastete. „Achte auf deine Gedanken, denn sie werden ...“, setzte ich zu einem berühmten Zitat aus dem Talmud an, doch sie unterbrach mich.

„Und wenn schon? Es kann ja eine selbsterfüllende Prophezeiung sein. Aber du kannst nicht beweisen, um was es sich wirklich handelt. Das konnte noch niemand, den ich bisher getroffen habe. Ich wollte dich lediglich warnen, weil ich schon die Erfahrung gemacht habe, dass sich einige Teile aus meinen Träumen bewahrheitet haben.“

„Du solltest von vergangenen Erfahrungen nicht auf zukünftige Ereignisse schließen“, konterte ich, um die Diskussion nicht zu verlieren.

„Ich habe dich in guter Absicht gewarnt“, schmollte sie und ich geriet langsam ins (geistige) Wanken.

Ging es denn wirklich darum, was vernünftig war? Interessierte hier und heute, in diesem Moment, in einem Privatgespräch, die Tatsache, dass die positiven Evidenzen für ihre Theorie über prophetische Träume äußerst zweifelhaft waren? Vielleicht wollte sie mir mit dieser lächerlichen Warnung einen Gefallen tun und ich reagierte mit intellektuellen Haarspaltereien.

Damals konnte ich schließlich noch nicht wissen, welche Ereignisse in den folgenden Wochen mein Leben erschüttern würden. Vielleicht wäre ich ansonsten offener für ihren Ratschlag gewesen.

„Danke, das ist echt nett von dir. Ich weiß, dass ich nichts weiß“, bekannte ich in bester Sokrates-Manier.

Sie wandte mir wieder ihr Gesicht zu und lächelte versöhnlich. „Geht doch.“

Wir bogen in eine Gasse ein und blieben vor einem schäbigen Mietshaus stehen.

„So da wären wir“, meinte Elenore. Und im nächsten Moment: „Verdammt, daran habe ich nicht gedacht!“

Ich sah sie alarmiert an. „Schlüssel vergessen“, bekannte sie.

Ich lächelte schief. „Kein Wunder. Schlafwandeln ist wohl ein Grund dafür“

Sie sah mich ratlos an. „Was machst du jetzt?“, fragte ich, weil dieser Blick mir ganz und gar nicht gefiel.

„Wenn ich das nur wüsste!“, rief sie.

„Kannst du nicht klingeln?“, wollte ich wissen. „In dem Fall werden die Leute aus der WG doch Verständnis haben, wenn sie geweckt werden. Oder ist niemand da?“

Sie verzog den Mund. „Ich wohne allein.“

„Oh“, machte ich. „Und wenn du bei den Nachbarn anderem klingelst?“

„Besser nicht! Die Leute hier im Haus sind ganz komisch“, wehrte sie heftig ab. „Und ich wette, ich habe die Tür von meiner Wohnung beim Schlafwandeln hinter mir zugemacht. Nur den blöden Schlüssel nehme ich in dem Zustand nie mit.“ Schweigen. Ihr Blick durchbohrte mich förmlich. Ich ahnte, was sie jetzt von mir erwartete, aber ich versuchte es zu ignorieren.

„Wäre es ein großes Problem, wenn ich mit zu dir komme?“, fragte sie, als ich es nicht von mir aus anbot.

„Das geht nicht“, sagte ich. „Zu weit weg. Ich wohne drüben. Wir müssten Bus und Schiff fahren und außerdem ...“, ich unterbrach mich selbst, als ich bemerkte wie unschlüssig mein Gerede war. Denn ich musste doch selbst noch zurück fahren, wenn ich nicht gerade auf einer Parkbank übernachten wollte.

„Aber wir können noch ein wenig durch die Stadt laufen und die Nacht durchmachen. Das wir sicher lustig, wenn wir danach direkt in die Uni gehen und Unmengen Kaffee trinken!“, rief ich mit gespielter Munterkeit.

Elenore schnaubte. „Es ist kalt, bis morgen früh sind wir erfroren.“

Ich zog meinen Mantel aus und legte ihn galant um ihre Schultern. „Na, besser?“

Ihr Blick verdüsterte sich.

„Bist du ein Mitglied der Adam´s Familiy und wohnst noch zu Hause? Oder befindet sich in deiner WG ein Drogenlabor? Bekommt deine eifersüchtige Freundin vielleicht einen Tobsuchtsanfall, wenn sie mich sieht? Hast du einfach nicht aufgeräumt? Egal woran es liegt, dass du mir nicht für einige Stunden Obdach gewähren willst, es kann nicht so schlimm sein, wie du meinst. Ich habe schon viel gesehen auf dieser Welt."

„So war das nicht gemeint", erwiderte ich hastig. „Natürlich kannst du mitkommen, das ist gar kein Problem. Das war nur ein dummes Missverständnis."

Ich spekulierte bereits damit, sie vor Delphine zu verstecken und willigte deshalb in Besinnung auf all meine buddhistischen Grundsätze (die ich übrigens in einem Achtsamkeits-Seminar in den Ferien verinnerlicht hatte) ein. Es stimmte ja, ich konnte sie wirklich nicht in der Kälte hier allein zurück lassen.

Wir mussten durch die halbe Stadt zu einer Bushaltestelle laufen, von der aus um diese Unzeit noch ein Bus in die richtige Richtung fuhr. Dabei erzählte mir Elenore mehr von ihrem verschwommenen Leben – ein Leben zwischen Traum und Wirklichkeit. Ihr Erscheinen bestätigte doch noch meine Hypothese über das, was ich mir von diesem Studium erhofft hatte. In der ersten Woche hatte ich diesen Text geschrieben, der meine Idealvorstellung über die möglichen Bekanntschaften, die ich hier machen konnte, zum Ausdruck brachte:

Hier tummeln sie sich, Querdenker und Idealisten, gescheiterte Existenzen und aufstrebende Visionäre, Künstlernaturen und solche, die es zu werden versuchen. Orientierungslose und Menschen, die ihren Plan B verfolgen. Es sind junge Leute mit einem Kopf voller Ideen. Und es sind andere junge Leute dabei, deren Kopf leer ist, sie haben eine verschwommene Vergangenheit und sind ohne jede Vorstellung von ihrer Zukunft. Während Erstere etwas Großes und Erhabenes suchen, was ihr Glück noch ergänzen soll, suchen die anderen nach etwas völlig Unbestimmten. Ihr Leben gleicht der Suche nach der Nadel im Heuhaufen, wenn dem Suchenden nicht mitgeteilt wurde, dass er eine Nadel sucht. Endlich fühle ich mich am richtigen Platz, hier werde ich die Inspiration finden, nach der ich suche ... denn ich habe Ideen und starre dennoch ins Nichts.

Ich war kurz davor gewesen, den Text mit einem höhnischen Lachen ins Feuer zu werfen, da mir vor allem Creditsjäger und Modulplaner untergekommen waren, die ihr Leben abwechselnd mit Lernen und Feiern vergeudeten. Eigentlich hätte ich es mir denken können: in einer Kleinstadt wie dieser konnte es keine Boheme geben und meine Entscheidung für diese Uni frei nach dem Motto „Ein See, aber kein NC!“ war lächerlich gewesen.

Doch nun lief sie mit mir durch die Nacht, meine Vorsehung, meine Inspiration, meine Muse!

Auch wenn die anderen Kommilitonen gähnend langweilig waren, Elenore reichte aus, um ein großes Genie aus mir zu machen. Sie glich all die mittelmäßigen Menschen mit einem Schlag aus. Zwei meiner Professoren, Delphine Manet und Heidesand, waren ebenfalls interessante Persönlichkeiten. Und Gregor nicht zu vergessen, irgendwas schien auch mit ihm nicht zu stimmen. Diese Überlegungen machten mich völlig euphorisch und ich hörte Elenore mit der seltsamen Mischung aus Begeisterung, nervöser Anspannung und leichtem Unbehagen zu, die sich ergibt, wenn man mit Menschen spricht, die interessant sind und zwar auch deswegen, weil sie jeden Moment einen psychischen Schub bekommen könnten. Sie war zum Beispiel unentschlossen, ob sie nun schizophren oder vielleicht doch hellsichtig war. Das mit dem Schlafwandeln hatte bei ihr vor zwei Jahren angefangen, wobei sie nicht erwähnte, woher sie kam und weder etwas von ihren Freunden noch von ihrer Familie erzählte.

Bis heute Nacht hatte sie im Studium noch nicht schlafgewandelt, aber sie hatte es sich angewöhnt in der kalten Jahreszeit in Fleecejacke, Jogginghose und Hausschuhsocken zu schlafen, um nicht zu erfrieren, falls es wieder vorkam. Sie hatte sich früher manchmal in ihrem Zimmer eingeschlossen, aber in letzter Zeit war sie nachlässiger geworden, hatte auch übersehen, dass Vollmond war.

Ich ließ mich immer tiefer in die Sogwirkung ihrer mit rauer Stimme vorgetragenen Worte hinein ziehen, folgte ihren Begründungen und empfand ihre Erklärungen zu den unbekannten Dingen zwischen Himmel und Erde auf einmal als beinahe schlüssig. Vielleicht taten auch der Wein, den ich getrunken hatte und der geheimnisvolle Mondschein, die verlassene Straße und das geheimnisvolle Blau von Elenores Haaren ihr übriges. Fühlte ich mich noch nicht in ein surreales Gemälde versetzt, dann doch mindestens in einen Fantasy-Anime. Ich folgte also (der vielleicht mit übersinnlichen Kräften ausgestatteten) Elenore, hörte auf den monotonen Klang ihrer Stimme und hatte manchmal für einen Augenblick den Eindruck, sie würde schweben. Es war wohl eher eine Vorstellung, als ein Eindruck. Aber da ich damals Hume noch nicht gelesen hatte, warf ich in meinem *mind* fröhlich mit unpassenden Begriffen zu den Objekten des Geistes umher.

Als wir endlich auf der Fähre waren und über den mondbeschienen See fuhren, fragte mich Elenore, ob ich den Horla kenne. Ich schüttelte verwundert den Kopf.

„Von Guy de Maupassant“, erklärte sie lakonisch.

Das wurde ja immer besser! Sie las auch alte Bücher. Aber ich hatte noch nie von dieser Geschichte gehört.

„Der Protagonist ist schizophren. Vielleicht. Es sei denn, der Horla ist doch echt“, erklärte sie in knappen Sätzen.

„Wie ist die übliche Interpretation?“, erkundigte ich mich.

„Schizophren“, meinte Elenore düster. „Allerdings könnte es ja sein, dass es wirklich so ein unsichtbares Wesen gibt, das den Typen verfolgt und niemand anderes weiß davon. Worauf ich aber eigentlich hinaus will ist, dass alles bei ihm auch völlig harmlos anfängt. Rosen, die sich von allein pflücken … solche Dinge. Und am Ende fackelt er das Haus mitsamt seinen Dienstboten ab, nur um den Horla zu verbrennen.“

Ich sah sie grübelnd an. „Ist das nicht ziemlich bescheuert? Ein unsichtbares Wesen verbrennen zu wollen? Das kann nicht gut gehen.“

Elenore blickte durch das Fenster nachdenklich auf die dunklen Wellen.

„Das ist wahr. Ich wollte nur mal den Unterschied zwischen mir und dem Protagonisten aus der Geschichte verdeutlichen. Der ist irre. Ich weiß nicht, ob ich es bin. Vielleicht werde ich es aber noch. Die Zukunft ist ungewiss“

„Also du vergleichst dich mit dieser Geschichte, um mir zu beweisen, dass du zwar jetzt noch nicht so verrückt wie der Protagonist bist, aber es in Zukunft vielleicht noch werden könntest?“, versuchte ich die zweifelhafte Intention, mit der sie das Beispiel vorgebracht hatte, zusammenzufassen. „Einerseits ja …“, antwortete Elenore gedehnt. „Andererseits … siehst du, *ich* für meinen Teil finde es völlig absurd, unsichtbare Wesen verbrennen zu wollen. Was, wenn ich doch Dinge wahrnehmen kann, die existieren, aber von denen andere Menschen keine Notiz nehmen können? Was, wenn es hilfreich ist?“

„Hilfreich für wen? Schadet es dir nicht eher, wenn du ...“, setzte ich erneut zu einer Gegenrede an, unterbrach mich dann aber wieder.

Immer dann wenn sie es fast geschafft hatte mich mit ihrem Gerede einzulullen, erwachte wieder mein kritischer Verstand und ich musste mich sehr beherrschen, sie dann nicht zu beleidigen. Anscheinend setzte sich ihr Erleben und somit auch ihre Weltanschauung aus allerlei kuriosen Elementen zusammen. Wenn ich mit Elenore sprach, musste ich das wohl akzeptieren. Hier ging es nicht darum, sie von einer anderen Denkweise zu überzeugen oder ihr einen Anlass zu geben, ihre Lebenseinstellung zu hinterfragen. Das hatte sie sicher selbst schon getan. Mit dem Ergebnis, das sie mir nun in guter Absicht präsentierte. Die Tatsache, dass sie mich mit einer solchen Vertrautheit behandelte, als wären wir seit Ewigkeiten gute Freunde, machte es mir nicht gerade leichter ihr zu widersprechen. Und deshalb sagte ich einfach: „Vielleicht ist es hilfreich. Ich mache dir einen Vorschlag: wenn sich in meinem Leben irgendetwas ereignen sollte, was deinem Traum auch nur entfernt ähnelt, werde ich es dir mitteilen. Okay?“

Mit diesen Worten hatte ich unser Schicksal, ohne es voraussehen zu können, besiegelt. Wenige Wochen später war sie die Erste, die von dem Mordfall erfuhr. Und in dieser Zeit geriet meine Sicht auf viele Dinge ins Wanken. Dementsprechend froh war ich, nicht all ihre Behauptungen für blanken Humbug erklärt zu haben. Ich würde noch immer nicht so weit gehen, ihr alles abzukaufen. Aber nach allem, was ich erlebt habe, bin ich zumindest ins Grübeln gekommen. Vielleicht sollte ich mich gar nicht so ausführlich über Elenore auslassen.

Mein ehemaliger Biograf hat mir empfohlen, diese Episode drastisch zu kürzen, weil dieses Gespräch angeblich niemanden außer Elenore und mich interessiert. Außerdem verzögert es laut ihm überflüssigerweise den Beginn des eigentlichen Kriminalfalls.

Das ist mir aber egal und deshalb erzähle ich nun, wie Luise uns abholte, und lasse mich noch ein bisschen über Elenore aus, weil das mein neues Hobby ist.

Für die Desinteressierten werde ich die folgende Stelle kursiv schreiben, damit sie diese bei Zeitmangel oder Ungeduld überspringen können:

Auf das Gespräch über den Horla folgte ein gedankenschweres Schweigen. Elenores blasses Gesicht wirkte kränklich und der trübe Blick ihrer Augen wurde von dunklen Ringen unterstrichen. Ich traute mich nicht, sie über ihre „Erscheinungen"genauer auszufragen, denn ich wollte keinen sensationslüsternen Eindruck machen. Zum Beispiel interessierte es mich, ob der „Mann mit Hut", den sie bei unserer ersten Begegnung erwähnt hatte, nur ein Symbol dafür war, dass sie Dinge sehen konnte, die anderer Leute Wahrnehmung überstiegen oder ob sie ihn in dieser Situation tatsächlich gesehen hatte.

Mein Affengeist (eine anschauliche buddhistische Metapher und ein hinderliches Konzentrationsproblem für selbsternannte Philosophen) sprang von Elenores „Mann mit Hut" zu einem Film über einen schizophrenen Mathematiker, der sogar mit den Leuten sprach, die er sich einbildete. Den Film hatten wir einmal in der Schule gesehen. Von dort aus wanderten meine Gedanken zu unserer Abilektüre „Agnes". Dieser gedankliche Einschub tauchte auf, weil ich mich jetzt schon wieder dafür schämte, Elenores Lage weidlich ausnützen zu wollen, indem ich sie zu meiner Muse erklärte. Ja, vielleicht würde ich ein ganz interessantes Buch über sie schreiben – aber was würde das in diesem armen, labilen Wesen auslösen? Der rücksichtslose Protagonist in Agnes (ein Autor) trieb die Ärmste ja in die völlige Verzweiflung – je nach Interpretation sogar in den Tod. Nein, ein selbstsüchtiger böser Schriftsteller, der andere in Tod und Wahnsinn treibt, wollte ich nicht werden! Auch wenn ich vielleicht mit solchen Taktiken ungerechterweise (zumindest in moralischer Hinsicht wäre es ungerecht) im Gedächtnis der Welt bleiben sollte, so dann doch nur für die Zeitspanne, in der es die Menschheit weiterhin gab. Würden die Menschen vom Klimawandel, ausgeuferter KI, Gentechnik oder der Atombombe ausgerottet werden, so würden alle Kunst und alle Bücher sinnlos werden. Okay, ich gebe zu, aus diesem Blickwinkel heraus wäre es auch sinnlos, überhaupt noch auf etwas oder jemandem Rücksicht zu nehmen. Es sei denn, ich glaubte an mein eventuell vorhandenes Karma oder das vielleicht doch in Aussicht stehende Leben nach dem Tod. Wer konnte das schon wissen?

So machte ich mir also allerhand melodramatische Gedanken, während ich an der schweigenden Elenore vorbei sah und wartete. Als wir wieder an Land waren, ereilte uns eine böse Nachricht auf dem Busfahrplan: der letzte Bus war schon seit einer halben Stunde weg und der nächste kam erst um sechs Uhr früh.

„Und laufen dauert zu lange?“, fragte Elenore.

Ich verzog das Gesicht. „Wenn du um diese Zeit eine Stunde lang durch die Gegend laufen willst ... ich bin verdammt müde.“

Plötzlich kam mir der geistreiche Geistesblitz, ein Taxi zu bestellen. Leider fehlte mir das Geld dafür. Also jemanden anrufen, den ich kannte. Zwei Personen kamen in Frage. Delphine schloss ich direkt aus, denn das würde sicher als unangenehme Überraschung für Elenore enden. Blieb noch Luise. Sie konnte Delphines Auto nehmen und uns abholen. Theoretisch. Vielleicht hatte ich Glück und sie war noch wach, da sie oft stundenlang lernte. Ich probierte es und rief sie an. Es dauerte nicht lange, bis sie abnahm und sagte: „Eigentlich telefoniere ich um diese Zeit nicht mehr und schreibe auch keine Nachrichten. Aber da du neu in unserer Hausgemeinschaft bist, mache ich heute eine Ausnahme. Ist es dringend?"

„Ähh ...", sagte ich. „Schon."

„Na hoffentlich", schnaubte Luise am anderen Ende der Leitung. „Was ist? Hast du deinen Schlüssel verlegt?", frage sie dann ungeduldig.

„Nein, nicht ich, sondern jemand anderes.", erklärte ich unzusammenhängend.

„Du rufst mich mitten in der Nacht an, weil jemand anderes deinen Schlüssel verlegt hat? Oder seinen eigenen Schlüssel? Was willst du mir denn eigentlich mitteilen? Bist du betrunken?", drang die verbalisierte Verständnislosigkeit durch den Handylautsprecher.

Da mein Plan, mich kurz zu fassen, nur in Missverständnissen endete, gab ich ihn auf.

„Eine Kommilitonin hat ihren Schlüssel verloren und wohnt in einem Haus mit seltsamen Nachbarn, also wollte sie nicht bei denen klingeln. Deshalb habe ich ihr angeboten, mit zu uns zu kommen. Leider ist gerade der letzte Bus weg und wir stehen an der Haltestelle."

„Das ist blöd. Und was habe ich damit zu tun?"

„Du könntest ... also, wenn es kein riesiges Problem für dich wäre ... uns vielleicht mit dem Auto abholen?"

„Für die kurze Strecke? Junge, wir sind mitten in der Klimakrise. Der Vorschlag ist nicht mehr zeitgemäß!"

„Es ist für dich also das geringere Übel, uns hier im Dunkeln und der Kälte stehen zu lassen, als mit einem winzigen Anteil CO2 ein klein bisschen die Luft zu verpesten?“

„Das geringere Übel? Haselhuhn, ich fange beinahe an zu glauben, du ...“, argwöhnte Luises Stimme, beendete den Satz aber nicht. Ich konnte sie doch noch überzeugen, uns ausnahmsweise mit dem Auto abzuholen.

Als wir losfuhren, erfuhr sie dann endlich, was ich studierte.

„Ich wusste es!“, schimpfte sie. „Philosoph. Ich habe meiner Tante immer gesagt: keine Philosophen. Eine Hausphilosophin reicht völlig, um das Leben kompliziert zu machen.“

Ich war enttäuscht, dass sie so zu dem Thema eingestellt war. Elenore, mit der sie bisher nur ein paar unterkühlte Höflichkeitsfloskeln gewechselt hatte, fragte plötzlich: „Deine Tante studiert auch Philosophie?“

Luise lachte höhnisch. „Schlimmer. Sie hat es zum Beruf gemacht.“

Die Lage wurde heikel, also mischte ich mich schnell ins Gespräch. „Und was studierst du, Luise?“, mir fiel auf, dass wir nie über Studiengänge geredet hatten.

Schweigen.

Dann: „Angefangen hat es bei Wirtschaft, das gefiel mir aber nicht, also habe ich es mit Jura probiert und mich ziemlich gelangweilt. Internationale Beziehungen habe ich auch mal angefangen, aber die Leute dort waren mir total suspekt. Jetzt Klimawissenschaften, das erscheint mir nach allem am Sinnvollsten.“

„Dein vierter Studiengang. Wow. Aber uns Philosophen unterstellen, wir wüssten nicht, was wir wollen."

„Haselhuhn – ich will das tun, was meine Fähigkeiten am Besten fordert. Bisher hatte ich es nicht gefunden und diese Erfahrung hat mir die nötige Orientierung gegeben. Entweder das mit den Klimawissenschaften wird noch was – oder ich werde eines Tages die richtige Sache für mich entdecken. Du dagegen wirst ewig suchen und nie etwas finden, was dich völlig zufriedenstellt."

„Dass irgendjemand jemals so etwas findet, ist doch nur eine Illusion", behauptete ich.

„Wie hast du ihn genannt?", frage Elenore leise und versuchte nicht zu grinsen, was ihr kläglich misslang.

Luise seufzte. „Er heißt Nikodemos Haselhuhn. Wenn du das nicht einmal wusstest, würde ich mir an deiner Stelle besser nochmal überlegen, ob du bei ihm übernachten willst." Elenore sah verblüfft aus.

„Nick – wie Nikodemos?! Und das gibst du nicht zu, als du erfährst, dass ich Elenore Rosemary heiße. Wo gibt's denn so was?"

„Bei den geheimnisvollen Philosophen.", gab Luise zum Besten als wir ausstiegen. „Niemand weiß, was sie denken, geschweige denn, was sie alles aushecken."

Als wir im Haus waren und Elenore einen Abstecher ins Bad machte, besprach ich mit Luise die Lage und die Zimmeraufteilung.

„Das wird ja immer schlimmer", meinte Luise, als sie erfuhr, dass ihre Tante Elenores Professorin war und auch ich in spätestens einem Jahr in ihrer Logikvorlesung sitzen würde.

Glücklicherweise hatte sie Verständnis für meinem Plan, Delphine und Elenore einander nicht begegnen zu lassen. Also quartierten wir Elenore in meinem Dachzimmer ein, während ich die Wohnzimmercouch bezog. Luise hatte vor, uns zu wecken, bevor Delphine morgen früh durch das Haus lief. Und das war ziemlich früh.

Der Plan scheiterte am nächsten Morgen, als Luise und Delphine frühstückten. Ich wollte Elenore einen Kaffee und einen Marmeladentoast bringen. Das machte Delphine misstrauisch, denn sie wusste, dass ich normalerweise nicht so früh aufstand und außerdem keinen Toast aß. Ihr fiel sogar auf, dass heute mein Teetag war. Ich selbst hatte ganz vergessen, dass ich bereits gestern Kaffee getrunken hatte.

„Sie ist selbstverständlich herzlich eingeladen, sich zu uns an den Tisch zu setzen", kommentierte Delphine die Tatsache, dass ich schon mit Toast und Kaffee ausgestattet an der Treppe stand.

Elenore bewahrte mit einem erstaunlichen Geschick ihre Fassung, als sie Delphine bemerkte und benahm sich auch ansonsten wie ein in sich gekehrter, aber normaler Mensch. Delphine tat zumindest so, als würde sie Elenore nicht erkennen, obwohl ihre Haarfarbe auch in einem Hörsaal auffallen musste. Luise lieh ihr noch einige Klamotten, die Elenore zwar etwas zu groß waren, aber nicht so befremdlich wie die Jogginghose und die Fleecejacke wirkten. Ich war froh darüber, dass die beiden so sozial zu ihr waren und keine heiklen Fragen stellten.

Weil uns nichts Besseres einfiel, begleitete Elenore mich in die Vorlesung bei Professor Heidesand, der während er den Determinismus erklärte, immer wieder in unsere Richtung sah.

5

Warum Philosophie?

Ich wurde auf dem Gang von Gregor abgepasst und wir gingen ins Uni-Café, um über meinen Wettbewerbsbeitrag zu reden. Ich erzählte ihm vor lauter Begeisterung ziemlich detailliert von meiner Idee für meinen Text. Es sollte um die Frage gehen, ob das Leben ein Traum war. Sehr abgedroschen, ja, aber immerhin philosophisch genug. Ich mixte ein bisschen Descartes mit der Traumphilosophie eines chinesischen Philosophen und meinen eigenen Überlegungen darüber, ob wir vielleicht alle Schlafwandler sind und es nur nicht wissen. Stellenweise würde es wohl wie eine Mischung aus „Matrix" und „Alice im Wunderland" wirken. Gregor nickte anerkennend und bat mich, ihn den ersten Entwurf lesen zu lassen. Ich willigte irritiert ein.

Der Abgabeschluss rückte näher. Mit dem Schreiben kam ich gut voran. So gut, dass Delphine mich verdächtigte, gar nicht mehr zur Uni zu wollen. Ich konnte es ihr nicht verdenken, da ich den ganzen Tag in meiner Dachkammer saß, Matcha-Tee trank und Maulbeeren aß und viele neue Entwürfe schrieb, anstatt den Pflichten eines fleißigen Studenten nachzukommen.

Drei Tage später war ich fertig, fühlte mich, als hätte ich das größte Meisterwerk der Philosophiegeschichte hervorgebracht und erzählte Gregor davon. Der bot mir sofort an, den Wettbewerbsbeitrag für mich abzugeben, da er sich besser mit der Lage der Gebäude und den Öffnungszeiten der Büros auskannte. Ich willigte ein, aber wunderte mich über sein zuvorkommendes Verhalten. Doch ich wollte mir nicht weiter den Kopf darüber zerbrechen und lieber den Abend des Wettbewerbs abwarten. Gregor hatte mir erzählt, dass der Gewinner aus einem falschen Schierlingsbecher trinken musste. Das hörte sich auf jeden Fall spannender an, als gewöhnliche Poetry Slams.

Den Tag vor dem Auftritt hatte ich nur eine Vorlesung in Physik, also frei. Meine Entscheidung gerade dieses Nebenfach zu wählen, erschien mir nur noch wie ein absurder Scherz. Ich hatte unseren Physiklehrer gemocht, weil er mal einen Ausflug in den Freizeitpark mit unserer Klasse gemacht hatte, um auf der Achterbahn den Newton zu erklären. Jedenfalls war es das einzige Fach gewesen, in dem ich fünfzehn Punkte hatte. Deshalb dachte ich, dass es mir gefallen würde. Außerdem musste man im Online-Vorlesungsverzeichnis nie lange suchen, weil Philosophie und Physik untereinander standen. Was soll ich dazu sagen? Der Mensch irrt, solange er lebt. Ich wartete also auf die Gelegenheit, das Nebenfach zu wechseln, und mühte mich gar nicht mehr in die Veranstaltungen.

Dagegen hatte ich jetzt Zeit, Zeit zu haben. Zeithaben ist ein großes Hobby von mir und hat für mich einen intrinsischen Wert. Auch wenn es vielleicht gar keine Zeit gibt, ist es dennoch schön, keine Termine zu haben und gerade einmal keinen sozialen Pflichten nachkommen zu müssen. Meine Zeit wurde aber schneller als gedacht von jemandem in Anspruch genommen, denn Luise stattete mir einen Besuch auf meinem Zimmer ab. Sie musste erst am Abend zur Uni und schien sich ausnahmsweise zu langweilen.

Da ich zu faul bin, selbst zu beschreiben, wie wir uns unterhalten haben, recycle ich eine alte Beschreibung meines ehemaligen Biografen, die er noch kurz vor seiner Kündigung verfasst hatte. Luise und ich haben ihm sehr unterschiedliche Versionen dieses Gesprächs über meine berufliche Zukunft geschildert, das wir vor etwas über zwei Jahren so ähnlich geführt haben. Ich weiß nicht, was genau Luise ihm über meinen Gesprächsbeitrag erzählt hat, aber es muss absolut fürchterlich gewesen sein! Ich wette, Tobi ist nicht unparteiisch – er hat sich wohl stärker an Luises Aussagen orientiert. Anders kann ich mir nämlich nicht erklären, warum ich durch seine Beschreibung wie ein größenwahnsinniger Maniker wirke. Also, wen es nicht interessiert, kann das gerne überspringen und wieder nach dem schräg gedruckten Text weiter lesen. Vielleicht habe ich solche Sachen wirklich von mir gegeben, aber in dem Kontext klingt es irgendwie beängstigend.

Es lag etwas Provozierendes in Luises Frage, aber für einen Moment schien eine Spur wahren Interesses in ihrem Gesicht aufzuflammen: „Warum studierst du ausgerechnet Philosophie?“

Nikodemos stand auf und ging ärgerlich im Zimmer auf und ab. Er hatte die inzwischen antiquiert anmutende Eigenschaft, beim Denken im Kreis zu laufen. Diese Eigentümlichkeit fand sich bei vielen denkenden und schöpferisch tätigen Menschen früherer Zeiten, war heute jedoch beinahe ausgestorben. Dies war ein Grund für Nikodemos, Arbeiten am Laptop zu verabscheuen, denn während seiner Denk-und Laufpausen (Pausen, um zu denken; nicht um den Denkprozess zu unterbrechen) war er fortwährend beunruhigt, sein Laptop könnte abstürzen. Und es störte ihn, wenn sich der Bildschirmschoner einschaltete. Wenn er sich dann über den Laptop beunruhigte, lenkte das seine Gedanken dermaßen ab, dass es beinahe sinnlos wurde, überhaupt im Raum herum zu laufen. Vielleicht war die heutige Literatur deshalb so schlecht, weil sie an digitalen Geräten verfasst wurde und man beliebig alles löschen oder ergänzen konnte, also nicht wie bei einer Schreibmaschine Verantwortung für jedes Wort trug. Und wenn so ein Computer Updates machen wollte, ließ sich ein Bewusstseinsstrom, wie man ihn handschriftlich aufs Papier bringen konnte, nur schwer fortführen. Nikodemos Haselhuhn war also ein sehr unfreiwilliger Digi-

tal Native, er konnte sein Handy tagelang in irgendeiner Ecke seines unordentlichen Zimmers vergessen ohne es überhaupt zu merken. Das war weniger ein Akt der Rebellion gegen die fortschreitende Digitalisierung, als einfach Ermüdungserscheinungen von den vielen Hypes und Sensationen der virtuellen Welt.

„Willst du wissen, warum ich Philosophie studiere oder warum ich Philosophie studiere?“, fragte er in sarkastischem Ton. Luise folgte seiner Zimmerdurchwanderung mit den Augen.

„Wenn es einen Unterschied gibt, wie ich deinem ′oder′ entnehmen kann, dann doch bitte die interessantere Version.“

Nikodemos blieb vor ihr stehen, seine düstere Miene hellte sich schlagartig auf: „Wunderbar, du hast es durchschaut! Es gibt zwei Versionen der Geschichte. Die eine leiere ich bei jedem so herunter, die andere ist komplexer. Aber ich weiß nicht, ob sie deshalb auch wahr sein muss. Ich habe das Gefühl, immer zu lügen, wenn ich anderen von mir erzähle. Sobald ich mir etwas überlegt habe, das ich jemandem über mich mitteilen kann, dann kommt mir alles völlig falsch und verdreht vor. Aber da du sowieso keine besonders hohe Meinung von mir zu haben scheinst, ist mir das jetzt egal!“

„Ach, Haselhuhn – von dir habe ich eine höhere Meinung als von vielen anderen Menschen. Jedenfalls verdienst du sie dir gerade.“

„Gut, sehr gut ... aber wie auch immer. Wir können uns gar nicht verstehen. Versteht sich der Mensch denn selbst? Wohl in den seltensten Fällen. Wie sollst du mich dann verstehen? Hast du Bücher von Kommunikationswissenschaftlern gelesen?“

„Ja."

„Dann weißt du hoffentlich, wie sehr wir gerade aneinander vorbei reden."

„Du bist der perfekte Mieter für meine Tante." „Danke, das will was heißen. Jedenfalls wirst du mich nicht verstehen, weil du zu intelligent bist. Du hast zu viele eigene Gedanken, da bekommst du schnell Probleme mit dem Zuhören, weil du gerade deine eigenen Schlüsse zu ziehst."

„Kann es sein, dass du gerade über eine deiner Schwächen sprichst?"

„Möglich. Jedenfalls habe ich die Theorie, dass dumme Menschen besser zuhören können und deshalb vielleicht sogar mehr verstehen, weil ihnen nicht so viel im Kopf herumschwirrt. Für Weise könnte das aber auch gelten. Aber Gespräche mit Klugen, Intelligenten und Schlauen sind immer heikel."

„Da du aber zu wenige dumme und weise Menschen kennst, musst du mit mir vorlieb nehmen?" „Ja, zu blöd. Aber lieber der Spatz in der Hand ..." „Hehe, nicht frech werden, Haselhuhn! Und jetzt erzähle mir einfach die interessante Version der Geschichte, warum du Philosophie studierst. Du lenkst nämlich die ganze Zeit nur vom Thema ab."

„Ich glaube, jetzt ist es mir egal. Die Erklärung würde nun ihre Wirkung verfehlen, weil ich gerade nicht mehr so leidenschaftlich bei der Sache bin. Noch vor zehn Minuten wären meine Ausführungen dramatisch und authentisch gewesen ... aber jetzt – es sind ja doch nur hohle Phrasen."

„Ah ja. Ich versteh schon. Der Philosoph muss philosophieren. Eine Art Zwangshandlung also. Du kannst nicht anders, willst nicht anders."

„Das trifft es wohl perfekt. Obwohl ich dir eben noch etwas völlig anderes erzählen wollte."

Luise schob einen Bücherstapel beiseite und setzte sich auf seinen Schreibtisch. „Und jetzt ist es zu spät?", fragte sie spöttisch lächelnd.

Nikodemos seufzte. „Okay, vielleicht doch nicht. Also, warum studiere ich Philosophie?

Überall sonst würde ich wohl zugrunde gehen. Ich kann nicht einfach nur arbeiten und Geld verdienen, der Kapitalismus genügt nicht, um mein Leben mit Sinn zu erfüllen.

Und bei den sogenannten sinnvollen Berufen würde ich sicher irgendwann austicken, also entweder verrückt werden oder den Staat hassen. Vielleicht sogar unsere gegenwärtige Epoche. Oder gleich die ganze Menschheit.

Wenn nicht Philosophie, müsste ich ja etwas anderes machen, das Sinn für mich hätte ... vielleicht Polizist, Richter, Lehrer, Politiker, Entwicklungshelfer ... ein Mensch mit meinen Fähigkeiten könnte vieles aus sich machen. Aber sind diese Berufe ehrenwert? Eignen sie sich für einen Idealisten? In ihrem ursprünglichen Sinn vielleicht schon, aber nicht in der Realität.

Lehrer wollte ich nicht mehr werden, seit ich das marode Schulsystem bemerkt habe, die überfüllten Klassenzimmer, die geheuchelte Chancengleichheit und diese Machtspielchen um freie Meinungsäußerung und Fehlzeiten, die unsere Lehrer mit uns trieben ... und dabei ist das Schul-

system im Vergleich zu anderen Bereichen des öffentlichen Lebens noch ziemlich harmlos.

Aber wenn man es als Polizist erstmal mit dem organisierten Verbrechen zu tun hat und sich von denen an der Nase herumführen lassen muss, weil die Kollegen und Vorgesetzten sich nicht trauen, wirklich gegen die vorzugehen, auf der anderen Seite aber harmlose Demonstranten hinter Gitter bringen ... wie soll so was einen in so einem Beruf nicht verrückt machen? Einen Menschen wie mich?

Pfui, ich glaube, bei jedem Beruf, der mir mal in den Sinn kam, würde ich früher oder später zur Gefahr für die Allgemeinheit werden oder einen Burnout kriegen.

Na gut, ich bin egoistisch. Solange ich mit der Grausamkeit der Welt nicht konfrontiert werden muss, vieles verdrängen kann, ob Klimawandel, Terrorismus oder Krieg und mein Leben davon nicht direkt beeinträchtigt wird - solange spiele ich eben Candide und warte, bis die große böse Welt zu mir kommt! Und bis sie kommt, mache ich eben etwas, das mir Spaß macht. Diese Welt, das ganze Leben, aus verschiedenen Blickwinkeln betrachten! Im Guten wie im Schlechten.

Wie gesagt, egoistisch und sehr theoretisch ist das. Aber auch Worte haben Macht. Vielleicht lässt sich damit etwas anfangen. Wenn es schon mein Schicksal ist, verrückt zu werden, dann doch bitte als Philosoph und am Besten als ein der Öffentlichkeit bekannter. Also besser ein verrücktes Genie, als ein verrückter Entwicklungshelfer, oder?

Und dass ich bei ′nem normalen Job in einer Firma oder im Büro verrückt werden würde, ist sowieso klar. Ich wäre nicht in der richtigen Weise gefordert.“

Luise schnaubte. „Du bist dir also sicher, dass du eines Tages verrückt wirst?“

„Nein, ich meine nur, dass falls ich verrückt werde, dann lieber als Philosoph oder Schriftsteller, das hat mehr Stil. Außerdem habe ich da die höchsten Chancen halbwegs zufrieden mit mir und meinem Leben zu bleiben und eben nicht verrückt zu werden. Es ist nicht so einfach wie die Leute denken, wenn sie behaupten, ich solle etwas anderes studieren. Als könnte jeder, der ehrgeizig und nicht völlig unbegabt ist, alles lernen und arbeiten. Interessen und Charakter spielen für solche Leute ja keine Rolle. Sicherheit und Wohlstand, das war es dann für sie. Gibt ja die Work-Life-Balance, da holt man eben in der Freizeit nach, was man im eigentlichen Beruf und Studium verpasst. Ach! Ich bin doch kein beliebig einsetzbares Teil, das überall seinen Platz finden kann!“

Er ließ sich ärgerlich aufs Bett fallen und starrte einen Moment vor sich hin.

Luise sagte nach einer Weile in zögerlichem Ton: „Ich hoffe für dich, dass diese Überlegungen aufgehen.“

Nikodemos schlug nachlässig auf ein Kissen. „Ja und wenn nicht? Dann ist nicht meine Entscheidung Schuld daran, sondern meine Persönlichkeit oder die Gesellschaft oder wasweißich. Aber ändern wird es nichts.“

Luise sprang vom Schreibtisch, das Gespräch begann sich im Kreis zu drehen.

„Deine Rede würde gut zu einem Bühnenschauspieler passen, Haselhuhn. Sehr viel Pathos und Phrasendrescherei. Aber ich glaube dir, dass du kein Pragmatiker bist. Und damit meine ich jetzt nicht die philosophische Strömung. Wenn du doch mal etwas Praktisches tust, soll es bestimmt gleich etwas Besonderes oder Heldenhaftes

sein, weil dir die normale Welt ja so langweilig vorkommt. Du meinst es auch noch ehrlich, aber es würde mich nicht wundern, wenn nicht alle so begeistert von dir sind, wie du selbst. Du bist echt eine Dramaqueen, Alter! Lasse deinen Worten Taten folgen. Dann hast du die Chance, ein wirklich bewundernswerter Mensch zu werden."

Nikodemos war über den Kommentar mit der Dramaqueen leicht verdrossen, aber die Prophezeiung mit dem bewundernswerten Menschen munterte ihn auf. Er war überzeugt, dass Luise weder über ihn lästern, noch versuchen würde ihn auszunutzen, wenn er solche Dinge von sich gab.

Sie wechselten einen nachdenklichen Blick und plötzlich fiel Nikodemos wieder ein, was er heute noch vorhatte. Er sprang auf und eilte mit den Worten: „Ich muss los, war ein interessantes Gespräch!", aus dem Zimmer. Luise sah im kopfschüttelnd nach.

6

Philosophy Slam mit Schierlingsbecher

Trug diese kleine Ansprache, die bereits Züge von Fanatismus angenommen hatte, bereits zu dem Bild bei, dass sich von nun an einige Menschen von mir machen würden? Hatte ich schon so eine verdächtige Ausstrahlung, provoziert durch meine übersteigerten Anschauungen?

Jedenfalls geriet an diesem Tag mein Leben aus den Fugen.

Was am Vormittag mit ein paar übertrieben bedeutungsvollen Worten begonnen hatte, setzte sich in den Geschehnissen des Abends fort. Was wohl passiert wäre, wenn ich mich anders entschieden hätte? Wäre ich dann nicht in den Fokus dieser schrecklichen Vorkommnisse geraten? So etwas ist rückblickend schwierig festzustellen. Doch ich hatte sogar eine merkwürdige Stimmung an mir bemerkt, eine Art Vorzeichen, wie Elenore vielleicht sagen würde. An ihren Traum erinnerte ich mich zu dieser Zeit gar nicht. Nun wird mir klar, dass er tatsächlich mit meinem Leben zu tun hatte.

Doch der Reihe nach: schon auf dem Weg zu meinem Auftritt fühlte ich mich trotz der wärmenden Sonne, die an diesem Tag schien, frostig und benebelt. Es gab keinen ersichtlichen Grund dafür und deshalb störte mich meine düstere Stimmung um so mehr. Ich hätte euphorisch sein müssen, zumindest aber aufgeregt, oder diese gewisse Mischung aus vergnügt und nervös. Stattdessen war ich nur mürrisch und wartete mit stoischer Ruhe, bis es so weit war. Bei dem Gespräch mit Luise war ich noch völlig aufgekratzt gewesen, nun hatte mich alle Energie verlassen. Das störte mich, denn ansonsten war ich vor Auftritten meistens gespannt und guter Dinge. Zumindest was Referate, eine Rede in meinem Jahr als Klassensprecher, einen misslungenen Sketch auf der Hochzeit meiner Cousine und die beiden Auftritte meiner Rockband „Springende Lemminge“ betraf. Die Band hatte aus mir und zwei meiner Freunde aus der Schule bestanden, die Auftritte waren auf dem Geburtstag meiner Ex-Freundin und auf der Grillparty von einem Kumpel gewesen, also vor einem eher unkritischen Publikum. Das war auch gut so, bei unserem nicht vorhandenen Talent.

Meine gedrückte Stimmung vor dem Philosophy Slam war sogar der Situation angemessen, wenn man bedenkt, was noch folgen sollte.

Kaum war ich in dem entsprechenden Hörsaal angekommen, wo es in einer Stunde losgehen sollte, begrüßte mich eine Dozentin, mit einem unfreundlichen: „Die Veranstaltung beginnt erst in einer Stunde. Warten Sie bitte auf den Einlass."

„Aber ich nehme teil. Es hieß, die Teilnehmer sollen schon früher da sein", erklärte ich.

Sie schüttelte energisch den Kopf. „Alle fünf Teilnehmer sind bereits hier"

Als sie meinen irritierten Blick bemerkte, seufzte sie und meinte: „Na schön. Dann sehe ich eben auf der Liste nach. Wie ist ihr Name?"

Ich folgte ihr einige Schritte, als sie sich aufmachte, die Teilnehmerliste zu holen.

„Nikodemos Haselhuhn", gestand ich notgedrungen. Noch bevor sie die Liste erreicht hatte, drehte sie sich ruckartig zu mir um und schien mich mit neuen Augen anzusehen.

„Ihr Beitrag wurde leider abgelehnt."

„Abgelehnt?"

„Die Abgabe war verspätet."

Ich fluchte und entschuldigte mich sofort, als ich ihren verstörten Gesichtsausdruck bemerkte.

„Ich hätte Gregor nicht meinen Text abgeben lassen sollen", murmelte ich ärgerlich vor mich hin. Ich war echt sauer wegen meiner eigenen Blödheit.

„Ihr Text über die Frage ob Philosophen in die Kirche gehen sollten, ist zwar unterhaltsam, aber ich bin der Ansicht, dass es sich eher um einen Scherzbeitrag handelt. Eine Art Parodie auf Pascals Wette vielleicht?", fügte die

Dozentin hinzu, um mir durch die Blume zu sagen, dass ich sowieso keine Chance gehabt hätte.

Aber was meinte sie? Ich war völlig entgeistert (falls der Mensch einen Geist besitzt und nicht nur aus Materie besteht).

„Ja, aber es … ich hatte … das war nicht mein Thema!“

Sie zog die Augenbrauen hoch.

„Das mit den Träumen, das ist von mir. Über die Kirche würde ich bestimmt nicht freiwillig einen Text verfassen.“

Die Dozentin verzog nun zweifelnd den Mund. „Es gibt tatsächlich einen Beitrag zum Thema Träume – von Gregor Bergmann. Sie haben den Text über die Kirche geschrieben. Oder gab es eine Verwechslung?“

Ich wusste nicht, was ich erwidern sollte.

Offenbar handelte es sich nicht um eine Verwechslung, sondern um einen Betrug!

Gregor hatte meinen Text als seinen eigenen Beitrag eingereicht und dann einen dämlichen Text über die Kirche geschrieben, den er in meinem Namen zu spät abgegeben hatte. So musste es sein.

Ich konnte mich nur mit Mühe und Not beherrschen, ihn nicht auf der Stelle ausfindig zu machen und ordentlich zu vermöbeln. Deshalb war er also immer so nett gewesen, dieser Schmarotzer! Aber wozu die ganze Mühe? Hm. Vielleicht hatte er das zur Sicherheit getan, falls ich bei den Veranstaltern nachfragte, ob mein Text angekommen wäre. Hätte ich dagegen bei denen nachgefragt und kein Text wäre abgegeben worden, dann wäre ja sofort aufgeflogen, dass Gregor entweder ein Chaot war oder etwas im Schilde führte. Ich zog verschiedene Möglichkeiten in

Erwägung, was als nächstes zu tun war: ich könnte die Dozentin über das Plagiat aufklären. Oder die Sache zwischen Gregor und mir mit den Fäusten regeln. Oder aber ich tat gar nichts und wartete lieber den Auftritt ab. Vielleicht könnte ich dann auf die Bühne springen und protestieren.

Da jedoch mein „Lieblingsprofessor“ ein neues Hobby gefunden hatte – nämlich sich in mein Leben einzumischen – tauchte er pünktlich auf, um genau das bei dieser Gelegenheit wieder zu tun. „Wurde Ihr Text nicht zu spät eingereicht?“, fragte er, als er an mir vorbei lief, und ein Croissant mampfend die Bühnentechniker bei ihrer Arbeit begutachtete.

Woher wusste er, welcher Student ich war? Und vor allem, welcher Text von mir stammte? Nun gut, das wusste er wohl nicht – sonst würde er ja nicht von der verspäteten Einreichung anfangen, die ich Gregor zu verdanken hatte. Bestimmt dachte auch er, dass ich diesen Text über die Kirche geschrieben hätte. Also hatte er zumindest eine Ahnung, wer ich war und wie ich hieß.

„Sieht wohl so aus, als wäre ich disqualifiziert“, antwortete ich verdrossen.

Er wandte sich von den Bühnenarbeitern ab und sah mich aufmerksam an. „Hervorragend. Dann sind Sie der Grieche. Der Schüler des Sokrates. Sie müssen unserem Sieger später den Schierlingsbecher überreichen.“

Ich blickte ihn so verstört an, dass er hinzufügte: „Keinen echten Schierlingsbecher, machen sie sich keine Sorgen. Irgendwo müsste noch ein Kostüm vom Unitheater liegen … ach ja, und Sie können schon mal den Becher füllen.“

Ich war soeben vom philosophischen Redner zum Gehilfen des Sokrates degradiert worden. Womit verdiente ich diese Ehre?! In einem Wirtschaftsunternehmen mussten die Praktikanten den Kaffee bringen, bei den Philosophen dagegen den Schierlingsbecher. Wie aufmunternd.

Ich kratzte all meinen verbliebenen Humor zusammen und beschloss, das Beste aus diesem unwürdigen Angebot zu machen. „Wo ist das Gewand?“, fragte ich mit einem missmutigen Lächeln und sah wenige Minuten später einem (noch nicht allzu) alten Griechen so ähnlich, dass ich versucht war, irgendwelche Geschichtsstudenten aufzusuchen, um mit ihnen einen Dokumentarfilm über die griechische Antike, mit Nikodemos Haselhuhn in der Hauptrolle, zu drehen. Leider kam es nicht so weit, da ich noch den „Schierlingsbecher“ mit Traubensaft füllen sollte. Für Wein waren die wohl zu geizig.

Gerade als ich damit beschäftigt war, kam der zwielichtige Heidesand angeschlurft und wollte einen Beleuchtungstest mit mir durchführen. Ich sollte mich hinter das Mikro stellen, damit mich die Techniker eine Weile mit den Scheinwerfern blenden konnten. Also ließ ich den antik anmutenden, eleganten Becher und die Flasche mit dem Traubensaft im Nebenraum stehen und betrat die improvisierte Bühne des Hörsaals. Als sie sichergestellt hatten, das die Vortragenden nachher tatsächlich zu sehen und zu hören sein würden (ich wurde auch noch für Mikrofon-Tests ausgenutzt), durfte ich mich endlich wieder zum Grübeln zurückziehen.

Doch wie das im Leben oft so läuft, kam nun Gregor angelaufen. Ich musste schon sehr tief durchatmen und mich an alle möglichen philosophischen Zitate erinnern, die besagen, man solle sich nicht von den äußeren Ereignissen des Lebensverlaufs beeindrucken lassen. Es gelang mir halbwegs und ich sagte ganz direkt: „Hey Gregor – wie es aussieht war meine Idee ja sehr inspirierend für dich.“

Er blieb stehen, tat als wisse er von nichts, und meinte dann: „Du bist wohl doch zu spät fertig geworden. Ich habe das so schnell eingereicht wie möglich, aber da konnte man nichts mehr machen."

„Was ist das für ein Text über die Kirche?", fragte ich. „Ist das deiner?"

„Welcher Text?", spielte er den Arglosen. „Du hast doch so was über Träume geschrieben. War leider zu spät, wie gesagt. Ach, Mensch! Ich habe ganz vergessen dir zu sagen, dass ich das gleiche Thema ausgewählt hatte, sorry. Ist ja nicht verboten. Ich habe den Schwerpunkt nur inhaltlich anders gesetzt, aber der Plan bestand schon seit längerem. Also die Grundidee hatte ich schon bevor wir darüber geredet haben. Wie war das jetzt? Du hast dann doch noch einen Text über die Kirche geschrieben?"

Nun war ich restlos verwirrt. „Nein, aber das wird mir unterstellt. Ich dachte, du hast die Texte vielleicht vertauscht. Das heißt – du hast *rein zufällig* das gleiche Thema wie ich gewählt, aber weißt auch nicht, was es mit dem Text über die Kirche auf sich hat?"

Gregor sah mich mit undurchdringlicher Miene an. „Wir sind ja keine Theologen", meinte er dann gleichgültig.

„Und warum hast du mir nicht gesagt, dass du auch über Träume schreibst? Und dass du selbst auch teilnimmst?", brummte ich.

„Keine Ahnung. Hatte ich vergessen."

„Vergessen?"

Das wurde ja immer unglaublicher.

„Naja … verdrängt. Ich wollte dich nicht entmutigen, dich nicht von deinem Thema abbringen. Du hättest vielleicht gedacht, ich hätte es dir geklaut."

„Genau das denke ich jetzt aber!"

„Tja, dumm gelaufen."

Mir wurde es zu blöd. Ich murmelte etwas, überließ den komischen Kerl sich selbst und lief zur Organisatorin.

„Könnte ich bitte den Text über die Kirche mal sehen? Vielleicht habe ich einfach den falschen Text abgegeben, das würde ich gerne überprüfen", log ich.

Ich schien sie ziemlich zu nerven.

„Tut mir leid, die Texte sind im Büro in einem anderen Gebäude. Für die Lesung heute sollten alle Teilnehmer ihren Beitrag ausgedruckt mitbringen", antwortete sie kurz angebunden.

Ich gab auf und setzte mich in den Nebenraum, da die Veranstaltung nun sowieso anfing.

Dort traf Elenore. Ich konnte es kaum glauben. Sie lief freudestrahlend auf mich zu und umarmte mich kurz.

„Nick! Du hier? Witziges Outfit", kommentierte sie die Situation.

„Mhm", machte ich.

Mir war nicht danach, ihr das ganze Problem zu beschreiben.

„Nimmst du teil?", fragte ich.

„Jaja. Es geht darum, ob Tiere eine Seele haben. Und du?"

Ich lachte trocken. „Cool. Nein, ich bin heute nur der Kellner des Sokrates. Vielleicht gewinnst du. Dann musst du aber auch den Giftbecher da trinken."

Sie wippte nervös mit dem Fuß. „Alles gut?", fragte sie vorsichtig.

„Alles Bestens", schnaubte ich, stand auf, und lief in dem kleinen Raum umher.

Sie war klug genug, mich nicht weiter auszufragen, auch wenn in ihrem Gesicht kurz die Spur von einem beleidigten Ausdruck erschien. *Wenn ich dir meine Geheimnisse verrate, dann musst du mir deine verraten.* Ein Konzept, das ich noch nie leiden konnte. Hatte ich sie je darum gebeten, so offen zu mir zu sein? Ich glaube an Vertrauen, das sich mit der Zeit entwickeln kann. Aber die Art, wie sie mir ihre Lebensprobleme geschildert hatte, war mir suspekt. Interessant, aber suspekt. Ja. Ich weiß. vielleicht klingt das paradox. Luise kannte ich doch auch kaum und trotzdem hatte ich ihr einen ziemlich krassen Vortrag über die Vorstellung gehalten, die ich von meinem Leben hatte. Das lag wohl daran, dass sie keine Erwartungen an mich zu haben schien. Bei Elenore sah die Sache anders aus. Ich war beinahe schon zu stark involviert in ihre Angelegenheiten. Also schwieg ich über meinen Ärger mit Gregor und wünschte ihr nur viel Glück bei ihrem Auftritt.

Sie war als zweites, Gregor als drittes dran. Nummer eins, vier und fünf waren tatsächlich so langweilig, dass ich sie hier nicht erwähnen muss und bekamen auch nur mäßigen Applaus. Das soll aber nicht heißen, dass Gregors Text wesentlich besser war. Genau genommen war er sogar schlimmer als Beitrag eins und fünf. Der Kerl hatte sich erdreistet, mir einfach einige gelungene Passagen zu klauen, sie aus dem Sinnzusammenhang zu reißen und in grotesk plakativer Weise zu entstellen. Ich war psychisch am

Ende, als ich dieses verzerrte Produkt meiner innovativsten Ideen mit eigenen Ohren mitanhören musste. Zufällig das gleiche Thema. Haha. So eine dumme Ausrede hatte ich das ganze Semester noch nicht gehört. Alles was ich mir erhofft hatte – ein leerer Traum.

Elenores Beitrag war übrigens – so objektiv wie möglich gesprochen – mit Abstand der Beste. Doch ich wurde das Gefühl nicht los, meiner wäre besser gewesen. Das, was ich ursprünglich geschrieben hatte, nicht Gregors erbärmlicher Abklatsch davon. Zudem frustrierte mich Elenores Anwesenheit an diesem Tag. Etwas Unbestimmtes, Unausgesprochenes hing schwer über meinem bewölkten Gemüt. Wie konnte es denn jetzt schon unausgesprochene Dinge geben, nach zwei Begegnungen? Ich gaukelte mir selbst vor, sie verstehen zu wollen und schreckte in Wahrheit genau davor zurück.

Wie jämmerlich ich dasaß, in diesem ulkigen griechischen Gewand, in der einen Hand den Schierlingsbecher, in der anderen mein Handy, das mir doch keine Offenbarungen schicken würde, zusammengesunken wie ein Obdachloser im Winter, der keine Hoffnung auf einen Neubeginn mehr hat.

Nummer fünf sprach gerade ihre letzten Worte über die Frage, ob man einen Menschen erst nach seinem Tod definitiv bescheinigen kann, ein glückliches Leben geführt zu haben, als mich plötzlich eine Art Energieschub packte, der mich auffahren ließ. Ich legte mein Handy mit einer entschiedenen Geste auf den Tisch, umgriff den Becher fester und sprang auf, ohne dabei den Inhalt überschwappen zu lassen. Die vier Teilnehmer, die sich gerade ebenfalls auf der Hinterbühne befanden folgten mir mit erstaunten Blicken. Ich versuchte, vor allem Gregor zu ignorieren, und stellte mich mit dem Becher bewaffnet neben die Tür.

„Nach euch“, sagte ich mit einem bitteren Lächeln und einer übertriebenen Handgeste, als die letzten Worte von Teilnehmerin fünf verklungen waren. Nun würde die Siegerehrung folgen.

Ich war wie ausgewechselt, aus meiner Lethargie gerissen. In meiner lädierten Seele hatte sich ein Zustand ausgebildet, den man am Besten als „Jetzt.Erst.Recht“- Gefühl nennen sollte. Ein Phänomen, das mich nach Misserfolgen jeglicher Art schon oft überkommen hatte, in abgeschwächter Form zwar, aber zuverlässig wiederkehrend. Eine verpasste Chance bedeute nicht das Ende aller Chancen. Vielleicht brauchte ich diesen Rückschlag, um etwas Neues, Größeres anzuzetteln, an das sich die Welt noch lange erinnern würde. Neue Pläne, neue Ideen. Die Zeit würde mich reifen lassen, etwas viel Besseres aus mir machen … was interessierten mich diese Kleingeister hier? Ich schwebte gedanklich schon in den Sphären einer frohen Zukunft, als ich den Teilnehmern, für die gerade applaudiert wurde, folgte und dann kurz abwartete, bis der Sieger verkündet wurde: Gregor Bergmann.

Seltsam. Er hatte wirklich viel Applaus bekommen – aber wofür? Sicherlich hatte er Applaudeure engagiert, die ihm zum Sieg verholfen hatten. Dem war alles zuzutrauen nach der Geschichte mit den geklauten Textpassagen.

Aber immerhin konnte ich ihm nun einen Giftbecher verabreichen. Das war doch schon ein Anfang. Alter Sokrates, wenn ich mir das jetzt so retrospektiv verdeutliche, kommt mir dieser Gedanke wahrlich makaber und verwerflich vor.

Die Leute begannen zu lachen, als ich die Bühne betrat. Großartig. In einem Outfit, das entfernt an ein Bettlaken erinnert, auf eine Bühne zu treten, hat also einen ähnlichen Effekt, wie diese Spotthüte vor über hundert Jahren, die unartigen Schulkindern verpasst wurden. Muss ich mir merken. Wenn es mit der Philosophie nicht klappt, werde ich eben Comedian. Den passenden Namen für so was habe ich ja schon.

Das Gelächter ignorierend versuchte ich, so ernsthaft und würdevoll wie möglich, meinem Widersacher den Becher zu überreichen. „Auf dein Wohl, Sokrates“, konnte ich mich nicht enthalten zu murmeln. Er nahm mir den Becher aus der Hand und grinste wie ein hämisches Honigkuchenpferd, als er mir andeutungsweise zuprostete und dann den Becher in einem Zug leerte. Das Publikum klatschte wieder und wir verließen die Bühne.

Zu dieser Zeit ahnte ich noch nicht, dass der absolute Tiefpunkt des Abends noch bevorstand.

Elenore überredete mich nämlich, zur Aftershow-Party mitzukommen, obwohl ich gerade wirklich andere Sorgen hatte. Doch da mischte sich auch noch Professor Heidesand in unser Gespräch ein und bestand darauf, dass ich mitkommen solle. Ich befand mich also in einer Argumentationsbredouille, da ich keine Gründe gegen den Vorschlag vorbringen konnte ohne entweder verschroben oder spießig zu wirken. Ich hätte auf mein Bauchgefühl hören sollen. Es war eine fürchterliche Idee ihnen zu folgen – wohl die schlechteste Entscheidung meines bisherigen Lebens.

Die Feier fand in einem Club nicht weit von der Uni statt. Es gab Häppchen umsonst, Getränkegutscheine, die Musik war erträglich und ich trug wieder meine eigenen Klamotten.

Also schien es für eine Weile so, als ob der Abend doch noch auf entspannte Weise ausklingen würde und ich die Angelegenheit einfach auf sich beruhen lassen könnte, anstatt wegen dieser lächerlichen Sache einen Urheberrechtsstreit mit Gregor vom Zaun zu brechen. Ich lobte gerade ausführlich Elenores Text und betonte, dass sie die wahre Siegerin des Abends sei, was sie mit leichten Widerworten geschmeichelt über sich ergehen ließ, als Gregor aus einer Ecke hervortrat und mit schwankendem Gang zu uns an die Bar kam.

„Nikodemos, kannst du mal mitkommen?!“, schrie er mir ins Ohr, um die Musik zu übertönen.

„Muss das sein?“, rief ich zurück.

Was wollte er denn nun schon wieder?

„Mir ist irgendwie komisch“, meinte er und sein Gesicht sah in der Tat ziemlich kränklich aus.

Vielleicht lag das aber daran, dass er ohnehin schon so bleich wie Graf Dracula höchstpersönlich war.

Das wurde ja immer toller! Konnte ich etwas dafür, wenn er zu viel getrunken hatte?

Aber wenn man mich so direkt um Hilfe bittet, bin ich viel zu sozial. Aus Rücksicht auf mein Image bei Elenore, die nichts von meinen Problemen mit Gregor wusste und mir mit Blicken bedeutete, dem Ärmsten doch beizustehen, erhob ich mich und sagte „Bis gleich“ zu ihr.

Als wir draußen standen, fragte ich: „Hast du versucht, dein schlechtes Gewissen im Alkohol zu ertränken? Ganze Passagen von mir zu übernehmen war echt unfair.“

Er verzog schmerzhaft das Gesicht. „Sorry. Ja, hast Recht. Sowas macht man nicht. Boah, mir ist echt übel …“

„Komm, wir laufen noch ein Stück, da vorne ist ein Gebüsch“, lenkte ich rasch ein.

Falls er sich übergeben musste, wollte ich verhindern, dass mein Mantel zum Opfer fiel.

Unfassbar, ich hatte mir Sorgen um den doofen *Mantel* gemacht!

„Ich … ich hab´ noch gar nichts getrunken ...nur ein Bier vor dem Auftritt … also das kann´s nicht sein ...", stieß Gregor jetzt keuchend hervor, als er mir mit humpelndem Gang in Richtung des nahegelegenen Waldes folgte. „Mein Fuß fühlt sich ganz taub an … vielleicht ist er eingeschlafen … Hilfe, ich spüre meinen Fuß nicht mehr!", stammelte er.

„Boah ey, jetzt spiel´ nicht den Jammerlappen!", rief ich.

„Bloß weil es dir jetzt schlecht geht, wird es nicht besser, was du angerichtet hast. Und jetzt soll ich auch noch Mitleid haben?"

Inzwischen schwankte er so sehr, dass ich ihn stützen musste. Wir hatten den Waldrand erreicht, als er sich zu Boden sinken ließ und dort sitzen blieb.

„Hast du eine Allergie? Oder eine chronische Krankheit?", fragte ich alarmiert.

Wenn ich ihm glauben konnte, dass er nicht betrunken war, musste es eine andere Erklärung für seinen beunruhigenden Zustand geben. Er schüttelte schwach den Kopf und vorzog krampfartig das Gesicht.

„Du weißt also auch nicht, was mit dir los ist?", fragte ich noch einmal.

„Nee ...", stöhnte er, alle Lebenskraft schien von ihm zu weichen, und er gab seine Sitzhaltung auf, um sich auf den Rücken zu legen.

Dann verdrehte er die Augen. „Ich hätte deine Idee nicht klauen dürfen, sie war genial … das Schicksal nicht rausfordern … aber dass du deshalb so was tust ...“, lallte er unzusammenhängende Sätze mit lahmer Zunge.

Ich beugte mich zu ihm hinunter und schüttelte ihn leicht, in einem Anflug von Panik. „Hey, nicht ohnmächtig werden! Gregor! Ich ruf′ jetzt den Krankenwagen!“, rief ich nervös und zückte mein Handy.

„Nicht Krankenwagen!“, protestierte er und hob abwehrend die Hand.

In diesem Moment hörte ich knirschende Schritte und sah mich erschrocken um. Professor Heidesand lief rauchend über den Waldweg.

„Was ist denn hier passiert?“, fragte er, als er uns erblickte.

„Keine Ahnung! Er hat einen Anfall! Können Sie Hilfe holen?“, schrie ich ihm zu.

Der Professor nickte. „Ich rufe gleich den Krankenwagen“, meinte er und wählte die Nummer auf seinem Handy, bevor er sich zum Telefonieren einige Schritte entfernte.

„Was ist denn mit Erster Hilfe? Oder vielleicht sind im Club ja zufällig Sanitäter anwesend!“, rief ich ihm nach, aber er ignorierte mich beim Telefonieren.

Gregor röchelte jetzt und starrte apathisch in die kahlen und düsteren Baumwipfel. Ich überlegte fieberhaft, was ich für ihn tun konnte.

Professor Heidesand hatte das Gespräch beendet und kam nun wieder auf uns zu.

„Sie werden gleich da sein“, erklärte er mir. „Es ist besser, wenn sie jetzt gehen, Herr Haselhuhn.“

„Ja, aber -“, setzte ich zum Protest an, doch der Professor warf mir einen undurchdringlichen Blick zu. „Ich werde mich um ihn kümmern, bis der Rettungsdienst kommt. Sie haben hier nichts mehr verloren. Tun Sie doch nicht so, als würde es sich um ihren besten Freund handeln.“

Ich stand langsam auf. Was wusste dieser Prof wirklich? „Okay … hoffentlich ist es nichts … Ernstes“, sagte ich stockend. Seine Worte hatten mich aufs Tiefste beunruhigt.

Ich warf dem am Boden liegenden Gregor, der nun von Krämpfen geschüttelt wurde, einen letzten, zweifelnden Blick zu, und setzte mich langsam in Bewegung. Ich fühlte mich schrecklich, als ich mich einfach so entfernte. Aber was sollte ich noch tun? Wie helfen?

Als ich den Waldweg verließ und mit zögerlichen Schritten wieder in Richtung Club lief, hörte ich die Sirene des Krankenwagens und sah das durch die Nacht blinkende Blaulicht in einiger Entfernung. Es kam näher. Das hatte keine fünf Minuten gedauert! Das beruhigte mich etwas und ich blieb stehen, um zu beobachten, wie der Rettungswagen anhielt und zwei junge Sanitäter ausstiegen. Ich hoffte, dass sie ihm helfen konnten. Gregor hatte wirklich erbärmlich ausgesehen. Ich setzte mich wieder in Bewegung.

Elenore stand allein vor dem Eingang des Clubs und rauchte. Ich stellte mich zu ihr. „Ich dachte, du wolltest aufhören“, meinte ich.

„Das hatte ich auch fast geschafft!“, antwortete sie. „Nur heute ist eh kein guter Tag … es liegt etwas Schlechtes in der Atmosphäre.“

„Allerdings“, gab ich ihr Recht. „Gregor hatte einen Anfall, er musste ins Krankenhaus.“

Sie riss die Augen auf. „So betrunken? Oder andere Drogen?“

Ich schüttelte vage den Kopf. „Sah mir eher nach einer allergischen Reaktion aus. Echt heftig. Der Prof hat bei ihm gewartet, sonst wäre ich nicht einfach gegangen.“

Wir schwiegen betreten und starrten vor uns hin.

„Party vorbei“, sagte Elenore trocken, löschte ihre Zigarette und warf sie in den Aschenbecher. „Was machen wir jetzt? Kommst du mit zu mir?“

Wir verbrachten die Nacht damit, tassenweise Darjeeling-Tee zu trinken und über Gregor zu sprechen. Ich erzählte ihr die ganze Geschichte, woher ich ihn kannte, was Professor Heidesand damit zu tun hatte, und wie Gregor meine Idee geklaut hatte, bis zu dem Punkt, an dem er plötzlich diesen seltsamen Anfall bekommen hatte. Als ich geendet hatte, wäre Elenore beinahe von ihrem Yogakissen gefallen, auf dem sie, die dampfende Teetasse in der Hand balancierend, im Schneidersitz saß.

„Das klingt ja fast so, als wäre der Schierlingsbecher doch vergiftet gewesen“, gab sie zum Besten.

7

Schlechte Neuigkeiten und zweifelhafte Theorien

Dass diese Idee nicht so unglaublich war, wie sie sich im ersten Moment anhörte, erfuhr ich am nächsten Morgen von Professor Heidesand, der mich nach seiner Vorlesung in praktischer Philosophie noch sprechen wollte. Ja, ich hatte es tatsächlich noch in die Uni geschafft.

„Ach, da ist noch was … Sie dürfen mit niemandem darüber reden, was Sie gestern Abend erlebt haben“, warnte er mich.

„Warum das?“ Sein Tonfall gefiel mir nicht.

„Wegen der Gerüchte. Seine Familie möchte nicht, dass die halbe Universität über seinen Tod spekuliert.“

„Seinen Tod? Ja, aber die Sanitäter ...“, protestierte ich, weil ich kaum glauben konnte, was er da erzählte. Hatte ich mich verhört?

„ … konnten leider nicht mehr viel für ihn tun“, beendete der Professor schwermütig meinen Satz.

Warum erzählte er mir das so beiläufig? Im Fernsehen sagen die immer „Ich habe schlimme Nachrichten für Sie. Wollen Sie sich erstmal setzen?“ Aber nein, er redete einfach drauflos.

Gregor. Tot. Gestern hatte er noch gelebt. Jetzt war er tot. War das möglich? Der Prof und ich waren außer den Leuten vom Rettungsdienst die letzten Menschen, die ihn noch lebend gesehen hatten. Ich hatte ihn weder gut gekannt noch besonders gemocht, aber die Nachricht drohte mich zu erschlagen. Er war nicht viel älter gewesen als ich, war gestern noch durch die Gegend gelaufen, hatte blöd gegrinst und Zeilen von mir auf einer Bühne vorgelesen – und jetzt war er tot? Wie konnte das sein? So plötzlich? Im echten Leben?

Mir wurde leicht schwarz vor Augen. Professor Heidesand schien sich in einem anderen Universum zu befinden und ich hörte meine eigene Stimme wie durch weite Ferne, als ich hervorbrachte:

„War er krank?"

Hatte ich das gefragt? Ich kam mir auf einmal wie ein teilnahmsloser Beobachter des Gesprächs vor.

„ Nein, es war anscheinend eine Vergiftung", hörte ich die Stimme des Professors sagen.

„Ja aber – seine Freunde und die Professoren werden es doch erfahren?", erkundigte sich mein seltsamer Avatar, mit dem ich mich im Nachhinein erst Recht nicht mehr identifizieren kann.

„Er war nicht von hier. Das heißt, Herr Bergmann hat nicht an dieser Universität studiert. Er ist extra für ein Projekt bei mir und den Philosophy Slam angereist. Außer Ihnen kannte er keine weiteren Studierenden und ich war in der Zeit sein einziger Prof."

„Die anderen Projektteilnehmer?", argwöhnte ich.

„Es hatte noch nicht begonnen, aber wir hatten schon einiges vorbereitet", kommentierte Heidesand knapp.

Ich war fassungslos. „Er kannte nur mich? Und Sie meinen, es war eine Vergiftung? Was denn für eine Vergiftung, wenn ich fragen darf?"

„Sehen Sie, Herr Haselhuhn, hier kommen die Gerüchte auf und das ist in einer solchen Situation auch nicht erstaunlich. Bevor ich Ihnen mehr erzähle, muss ich sicher sein, dass Sie fähig sind zu schweigen. Solche Gerüchte dürfen sich nämlich nicht verbreiten, sonst könnte es für uns beide sehr gefährlich werden."

„Wieso gefährlich? Hat er sich denn an irgendetwas vergiftet, oder... "

„Sie werden schweigen?"

„Jaja, ich schweige. So beliebt als dass ich meinen zahlreichen Kumpels beim nächsten Bier die neueste Sensation vom Campus ausplaudern könnte, bin ich leider noch nicht", antwortete ich spöttisch, um meine verwirrte Erschütterung zu vertreiben.

„Eine größere Ernsthaftigkeit angesichts der Lage wäre mehr als angemessen", tadelte mich der Professor in scharfem Ton.

Ich versuchte mein Unbehagen zu überspielen und nickte knapp. „In Ordnung. Kein Wort zu niemandem."

Die Situation kam wir noch immer unwirklich vor, sie zog an mir vorüber wie ein Film, an dem ich nicht beteiligt war.

Der Gedanke, nun mit Elenore ein Geheimnis zu haben, kam mir so belastend wie aufregend vor. Ich hatte mir in der Nacht zuvor keine Gedanken gemacht, was ich ihr erzählte. Dem Professor verschwieg ich lieber, dass ich mein Versprechen bereits gebrochen hatte, bevor ich es je gegeben hatte.

Nach einem bedeutungsvollen Schweigen erklärte Heidesand: „Es war eine Coniin-Vergiftung, verursacht durch den gefleckten Schierling. Das gleiche Gift, an dem auch

Sokrates gestorben ist, nachdem er den Schierlingsbecher getrunken hatte."

Ein eisiges Frösteln überlief mich, als mir die Bedeutung seiner Worte klar wurde. Ich konnte nur mit Mühe etwas entgegnen:

„Das Gift war in dem Becher, den ich ihm gegeben habe, oder?"

Der Professor sah mich finster und undurchdringlich an. Er schwieg.

Ich musste mich sehr beherrschen, um keine dummen Fragen zu stellen: *Wie ist das Gift in den Becher gekommen?, Wissen Sie schon, wer es war? , Wird in dem Fall ermittelt?,* teils um meine Ehre als Philosophiestudent zu retten, teils um mich nicht noch verdächtiger zu machen. Denn dass ich verdächtigt wurde, war für mich bereits eine feststehende Tatsache. Wieso sah er mich denn sonst so aufmerksam an? Außerdem hatte ja niemand außer uns den Gregor gekannt. Panik machte sich in mir breit. Ich schaffte es äußerlich ruhig zu bleiben, aber die Gedanken jagten sich in meinem Kopf: *War ich der Hauptverdächtige? Hatte ich diesen Kerl vielleicht wirklich umgebracht - aus Versehen? Sollte ich Elenore verraten, wie es um mich stand? Was hatte dieser unheimliche Professor mit der Sache zu tun? Warum wollte er die Angelegenheit vertuschen? Würde ich bald zum Verhör bei der Polizei gebracht werden? War es möglich, dass ich so jung unschuldig im Gefängnis landete? Warum hatte man Gregor mit einem Schierlingsbecher vergiftet? Wer kam auf die Idee, so etwas zu tun? Ein geisteskranker Philosoph? Jemand völlig anderes? War das real? Oder ein Traum? Eine Halluzination? Ein Scherz? Der Anfang vom Ende? Schlechtes Karma? Determinismus? Warum war es so weit gekommen?*

„Und was passiert jetzt?“, war die Frage, die ich dann tatsächlich stellte.

„Denken Sie darüber nach. Ich wollte, dass Sie informiert sind. Alles weitere erfahren Sie morgen. Um zehn in meinem Büro“, erklärte der Professor.

„Sie können mich doch nicht einfach wegschicken!“, rief ich heftig.

Er zog die Augenbrauen hoch. „Und ob ich das kann. Ob wir bestimmte Dinge heute oder morgen besprechen, es wird nicht das Rückgängig machen, was gestern geschehen ist. Bis dann.“

Erschüttert verließ ich die Universität. In dieser geistigen Verfassung würde ich ganz sicher kein Seminar oder Tutorium mehr besuchen.

Mein Zustand verschlimmerte sich durch die quälenden Gedanken, die mich in den nächsten vierundzwanzig Stunden heimsuchten. In „Schuld und Sühne“ war ich zu diesem Zeitpunkt an der Stelle, an der Raskolnikow über mehrere Kapitel hinweg zwischen Gestehen oder Verheimlichen, Größenwahn und Schuldbewusstsein, hin- und hergerissen ist und aufgrund seiner labilen psychischen Lage ständig Fieberanfälle bekommt. Natürlich las ich das Buch nicht weiter, nachdem ich die schrecklichen Neuigkeiten erfahren hatte. Schließlich hatte ich wirklich andere Sorgen. Allerdings umschwirrten mich einige Erinnerungen an die bisherige Lektüre und ich fühlte mich schon fast so, als würde ich auch einen Fieberanfall bekommen.

Dann verfiel ich in einen hektischen Aktionismus und rief Elenore an (und das obwohl ich unter normalen Umständen nie telefoniere) um ihr zu sagen, dass wir jetzt ein Geheimnis hatten. Vielleicht hätte ich sie nicht einweihen sollen, aber ich redete mir ein, mir würde gar nichts anderes übrig bleiben. Also verabredeten wir uns für den Nachmittag, um eine Krisensitzung einzuberufen. Das war für kurze Zeit ein kleiner Lichtblick in dem Dunkeln, in dem ich mich gerade befand. Dass unser Treffen so katastrophal werden würde, konnte ich konnte ich ja nicht ahnen.

Wir spazierten Seite an Seite durch den spätherbstlichen Herosé-Park und ich offenbarte ihr, dass ich möglicherweise des Mordes an Gregor verdächtigt wurde.

Und was tat sie?

Sie brach nicht in Tränen aus, weil ein armer Student gestorben war. Sie erschrak nicht und redete mir auch nicht gut zu nach dem Motto „Du? Was ist denn das für ein Quatsch?! Du könntest doch keiner Fliege was zu Leide tun!“ (Das war tatsächlich so, ich erschlug keine Fliegen oder andere Tiere und ernährte mich sogar hin und wieder vegetarisch. Außerdem habe ich mich schon seit der Grundschule nicht mehr geprügelt und sehe mich auch in politischer Hinsicht als Pazifist).

Doch als sie im Bilde war, behauptete sie eiskalt: „Wir können wirklich froh sein, dass du verdächtigt wirst … und nicht zum Beispiel ich.“

Ich war verdattert über diesen herzlosen Kommentar.

„Kann ich mir vorstellen, dass *du* darüber froh bist.“

Sie wehrte ab: „Nein, ich denke, das könnte so eine Gender-Frage sein. Du liest doch gerade `Schuld und Sühne`, das habe ich in deinem Zimmer liegen gesehen, als ich bei dir war. Also, ich habe es auch mal gelesen und mich damals gefragt, wie sich das Buch lesen würde, wenn die Hauptfigur eine Frau wäre. Ob man dieser Person dann auch so gut die meisten Schandtaten verzeihen könnte, wenn sie nur mal alle paar hundert Seiten so etwas wie ein soziales Verhalten zeigt."

„Eine Raubmörderin als Protagonistin?", vergewisserte ich mich, dass ich Elenore richtig verstanden hatte.

„Mhm. Ich denke, Frauen werden Verbrechen seltener verziehen als Männern. Wahrscheinlich weil man sie ihnen weniger zutraut. Frauen verzeihen Männern ja vieles, weil sie so viel psychologisieren. Sie versuchen den Menschen nicht als völlig gut oder völlig böse zu sehen. Dann vergeben sie fast alles, *wenn* sie Hoffnung auf einen Sinneswandel haben. Der Punkt ist aber der, dass sie anderen Frauen gegenüber wohl nicht so großmütig wären. Sie suchen oftmals das Gute in einem Mann, der ein Verbrechen begangen hat. Jedenfalls wenn er nicht völlig abstoßend auf sie wirkt. Eine Verbrecherin dagegen verurteilen sie sofort. Und die Männer? Je nachdem wie schurkisch sie selbst veranlagt sind, verteidigen sie vielleicht den Verbrecher. Oder lassen ihn in sein Schicksal rennen, missbilligen sein Verhalten. Aber vor einer Verbrecherin würden sie mehr Angst haben, weil sie einer Frau kein Verbrechen zugetraut haben. Dann gilt sie gleich für alle Zeiten als böse, wird es immer bleiben. Und wenn ein Typ es gut findet, dass eine Frau Verbrechen begeht, dann ist er in der Regel gestört und selbst ein Schurke. Aber ich glaube nicht, dass Männer denken, Verbrecherinnen könnten sich noch bessern."

„Aha", machte ich unbehaglich.

Luise würde sicher nicht solche Unterschiede zwischen den Geschlechtern behaupten, sie hielt angebliche Gender-Unterschiede allesamt für ein künstliches, gesellschaftlich erzeugtes Produkt, dem man keinen Glauben schenken durfte, wenn die Menschheit voran kommen sollte. Diese Einschätzung halte ich für ziemlich vernünftig.

Zwar konnte ich vage nachvollziehen, was Elenore mir da erklären wollte. Aber ich wollte lieber nicht wissen, *warum* sie mir das gerade jetzt erläuterte.

Leider machte sie es ziemlich explizit:

„Das heißt, ich wäre bereit, dir diesen Mord zu verzeihen. Also wenn du überzeugende Gründe hättest, kein Serientäter bist, dich bessern willst und so weiter … aber wenn *ich* Gregor umgebracht hätte - würdest du mich dann noch sehen wollen?“

Ich blieb abrupt stehen und packte sie reflexartig am Arm. „Elenore, du hast doch nicht …“

„Und wenn es doch so wäre?“, ihre Augen funkelten.

„Aber du hast nichts damit zu tun! Genauso wenig wie ich. Ich wurde versehentlich in die Sache verwickelt. Du solltest dir keinen Mord anhängen, für den du nicht verantwortlich bist. Und wenn du wirklich daran Schuld wärst … hm.“

Ich ließ ihren Arm los und lief rasch weiter. Sie hatte Mühe, mir zu folgen. Mir war klar, dass die nächsten Worte sie verletzen würden, aber ich konnte nicht anders. Meine Nerven lagen blank.

„Vielleicht bin ich einfach nicht so naiv, Fremden mein Vertrauen zu schwören. Wir kennen uns kaum. Und du willst mir versprechen, zu mir zu halten, komme was wolle?“

„Und wenn ich dich damit irgendwie entlasten könnte?“, flüsterte sie.

Ich schüttelte im Gehen heftig den Kopf und kickte einen Blätterhaufen am Wegesrand auseinander.

„Bloß weil wir uns mal eben so sympathisch sind und … nein, Elenore! Um jemandem so etwas zu versprechen, brauche ich Zeit, sehr viel Zeit. Zeit, die ich bei dir nicht habe."

Sie lenkte sofort ein: „Okay, vielleicht bin ich zu voreilig. Aber du warst sehr gut zu mir. Du bist ein guter Kerl, egal was du getan, geplant, gelassen oder nie im Entferntesten überlegt hast. Die Welt ist nicht schwarz oder weiß. Es gibt so vieles jenseits von gut und böse … ich wäre die Letzte, die dich dafür verurteilen würde. Vielleicht würde ich es sogar verstehen, was … dich dazu gebracht hat … also, wenn du wirklich ..."

Sie hatte es immer noch nicht kapiert! Also trug ich meinen Widerspruch nochmal auf die sanfte Tour vor, obwohl das Ausrasten für mich nun nicht mehr in allzu weiter Ferne lag: „Elenore, *ich habe ihn nicht umgebracht*! Ich weiß dein Verständnis zu schätzen, aber … ich bin kein Mörder!"

Sie sah mich groß an. „Hm … du sagst wohl die Wahrheit. Aber kann es sein, dass du noch eine andere Persönlichkeit hast?"

„Bitte was?", rief ich entsetzt.

„Vielleicht hat deine andere Persönlichkeit ihn ermordet. Deshalb weißt du auch von nichts."

Ich war am Ende. „Glaubst du das wirklich?"

Ihr Gesichtsausdruck war unschlüssig, wir waren wieder stehen geblieben. Ich muss sie wohl angesehen haben wie ein Schachspieler, der misstrauisch auf den nächsten Zug seines Gegenspielers wartet. Und sie zögerte ziemlich lange mit ihrem Zug. So viel Feingefühl schien Elenore nämlich zu besitzen, um selbst zu bemerken was für ein heikles Gespräch sie da mit mir begonnen hatte.

„Hättest du geglaubt, dass ich verrückt bin? Also, wenn ich es dir nicht gleich erzählt hätte? “, kam sie mir dann mit einer Gegenfrage. „Wieso sollte ich dann nicht glauben, dass du es auch bist?“, fuhr sie dann mit ihrer merkwürdigen Argumentation fort. „Man sieht es einem Menschen schließlich nicht immer sofort an, ob etwas mit ihm nicht stimmt.“

Sie wollte unbedingt einen Psycho aus mir machen. Aber was, wenn sie Recht hatte? Diesen Gedanken schob ich jedoch schnellstmöglich beiseite. Denkbar? Ja. Aber durchaus unwahrscheinlich.

Ich atmete tief durch. „Wenn du mich für so einen guten Kerl hälst, egal was ich tue, wirst du doch auch sicher akzeptieren können, dass ich jetzt meine Ruhe brauche. Es ist besser, wenn wir uns nicht mehr sehen.“

Und so ließ ich sie in schäbigster Manier sprachlos im Park zurück. Zu viel war zu viel.

Falls sie sich in mich verliebt hatte und mir so ihre Zuneigung beweisen wollte, konnte ich sehr gut darauf verzichten. Sie war hübsch und interessant, aber zu wenig hübsch und zu sehr interessant, als dass ich es sonderlich bedauern würde, ihr angesichts der Lage aus dem Weg zu gehen. Es tat mir zwar Leid, ihre Gefühle verletzen zu müssen, aber hier war ja wohl ich derjenige, der in eine Notlage geraten war und Hilfe brauchte. Und zwar nicht die Hilfe einer gefühlsduseligen Fanatikerin mit Realitätsverlust. Also würde ich erst einmal versuchen, mir selbst aus dieser Lage herauszuhelfen.

Die Ansprache, die mir Heidesand am nächsten Tag hielt, gab mir noch den Rest. Der Professor machte mir mehr oder weniger subtil klar, dass nur ich als Mörder in Frage kam.

„Ja, sind Sie denn von allen guten Geistern verlassen?“, erzürnte ich mich, als wir uns in seinem Büro befanden, und sprang auf. „Nur weil einer mir die Idee klaut, und ich gerade mal den Statisten spielen darf, während er meine Gedanken als sein geistiges Eigentum der Welt präsentiert, bringe ich doch niemanden um! Wäre ich so empfindlich, wie Sie behaupten, müssten ja Leichen meinen Weg pflastern bis zum Exzess. Wo wäre da in so einem Fall die Grenze? Nehmen wir doch mal Schopenhauers Pistol zur Hand. Der Mensch in diesem Beispiel kann sich nicht erschießen, weil ihm ein starkes und seltenes Motiv dazu fehlt. Da ist es unwichtig, ob er gerade ein geladenes Pistol vor sich auf dem Tisch liegen hat. Das Gleiche gilt doch auch für einen Mord! Ohne starkes und seltenes Motiv morde ich gar nicht!“

Ups, falsche Wortwahl. Ich meinte es ehrlich und wollte meine Unschuld beweisen, das Gespräch so schnell wie möglich hinter mich bringen. Und redete so einen Blödsinn.Töricht hätte man so etwas früher genannt. Und auf ein Lob der Torheit durfte ich hier wohl leider nicht hoffen. *„Ohne starkes und seltenes Motiv morde ich gar nicht ... aber wenn es stark und selten genug ist, räume ich gelegentlich schon mal jemanden aus dem Weg ...“*, dachte ich zynisch. So musste sich das doch anhören!

Heidesand sprang sofort darauf an: „Nun, vielleicht ist ihr Motiv nur nicht offensichtlich und es liegt etwas dahinter oder darunter, von dem ich nichts ahne“, provozierte er mich, während ich tapfer versuchte die Fassung zu bewahren.

„Sie würden wohl die Enttäuschung nicht verkraften, wenn ich unschuldig wäre – was haben sie denn eigentlich gegen mich? Wie es scheint, bin ich ihr Lieblingsverdächtiger – gibt es denn überhaupt einen anderen Verdächtigen? Sie sind ja ganz fanatisch, dass entweder ich dieses Verbrechen begangen habe, oder – oder – niemand?“

Wenn ich es nicht gewesen war – und ich war überzeugt davon, dass ich zu Unrecht beschuldigt wurde – dann musste es einen Mörder geben! Einen echten Mörder, der auf freiem Fuß war.

Elenore schloss ich von jeglichem Verdacht aus. Trotz unserer Diskussion am Vortag, trotz ihrer leichten Anflüge von Wahnsinn, sagte mir meine innerste Überzeugung, dass sie an der Sache unbeteiligt war. Und auch Professor Heidesand selbst, der mir den Mord so hartnäckig in die Schuhe schieben wollte, war wohl nicht der Täter. Mir gefiel diese Idee viel zu gut, aber ich hatte das sichere Gefühl diesen Verdacht ausschließen zu müssen. Der Professor war viel zu intelligent, um einfach einen Studenten umzubringen und den Mord einem anderen Studenten unterzuschieben - wobei er sich auch noch die ganze Zeit über verdächtig machte. Wo lag denn hier der Witz, die Herausforderung? So ein Fall wäre viel zu schnell geklärt. Es sei denn, er tat so überlegen, weil er dachte, es wäre unmöglich zu beweisen. Ich würde es wohl herausfinden müssen.

„Was auch immer ihr Motiv gewesen sein mag – ich möchte, dass Sie gestehen. Schreiben Sie ihr Geständnis, als Essay. Wenn es gelungen ist, werde ich überlegen, inwiefern ich bei der Polizei ein gutes Wort für Sie einlegen kann. Schließlich sind Sie noch sehr jung, waren vielleicht verwirrt ... es wird nämlich nicht mehr lange dauern, bis die Ermittler auch ihnen einen Besuch abstatten“, erklärte mir der irre Professor. „Gehen Sie in die Bibliothek, fangen Sie an. In fünf Stunden werde ich den Text abholen. Dann sehen wir weiter."

Und so gelangen wir in meiner Geschichte an den Punkt, an dem Luise mich mit besagtem „Geständnis" am Hafen aufliest, während ich einen halben Nervenzusammenbruch erleide, sie es irgendwie schafft, mich zu beruhigen, und wir Delphine nicht um Rat fragen können, weil die gerade eine wilde Philosophen-Rentner-Party feiert, weshalb ich Luise alle wichtigen Vorkommnisse schildere.

Sie hatte übrigens in ihrer findigen Art ein Aufnahmegerät bereit gestellt, um die Rekonstruktion meiner Erlebnisse zu dokumentieren. Damit wir meine Aussagen später noch einmal anhören konnten, um die wichtigsten Punkte aufzuschreiben, ohne dass ich mich ständig wiederholen musste. Ich glaubte ihr, dass sie es (falls nicht unbedingt nötig) nicht als Beweismittel gegen mich verwenden würde. Überhaupt – ich sprach auf dem Band ja darüber, dass ich unschuldig war. Was Elenore betraf, ging ich Luise gegenüber nicht ins Detail. Zum Beispiel hatte ich die Sache mit dem Schlafwandeln weggelassen. Oder den „prophetischen Traum". Allerdings erwähnte ich ihre komischen Andeutungen, von wegen, sie könnte ja den Mord begangen haben. Wobei ich Luise aber gleich versicherte, dass diese Behauptung bestimmt nicht ernstzunehmen sei.

8

Wer war es - und wenn ja, wie viele?

Dann war ich mit meiner Erzählung des Falls fertig, was Luise veranlasste, sich die wichtigsten Punkte auf einem Collegeblock zu notieren. Es handelte sich um folgende Wörter:

Ersti-Veranstaltung, Schuld und Sühne, Pflanzenratgeber, Sokrates, Philosophy Slam, Schierlingsbecher, Plagiat, Statist, Austauschstudent, Gerüchte, Gregor, Heidesand, Elenore.

Sie waren unter der vielsagenden Überschrift „Warum Nikodemos?“ verewigt.

„Ich bin der Meinung, dass es irgendwas mit dem Klassiker zu tun hat“, verkündete Luise.

„Du meinst, das Buch gibt uns einen Hinweis?“, fragte ich zögernd. „Es ist aber ziemlich dick, um es mal eben so zu durchforsten.“

Luise erhob sich. „Deshalb ...“, sagte sie würdevoll. „Werden wir – so sehr es mir widerstrebt – jetzt zu Delphine und ihrer lustigen Gesellschaft verschrobener Bohemiens gehen und sie um Rat fragen. Ich denke nicht, dass wir wirklich das Buch lesen müssen. Vielleicht ist es ein Symbol oder sowas.“

Damit war ich mehr als einverstanden. Vielleicht würden mich die alten Leute auf neue Gedanken bringen. Und neue Gedanken waren meist nützlich zum Philosophieren.

Als wir hinunter ins Wohnzimmer gingen, wurden wir mit Applaus begrüßt.

Eine Beschreibung der angeheiterten Philosophen wäre an dieser Stelle zwar amüsant, aber nicht angebracht. Jedes überflüssige Wort, das ich über Delphines Freundeskreis verlieren könnte, würde die Handlung nur künstlich in die Länge ziehen, ohne einen inhaltlich sinnvollen Beitrag zu leisten. Da ich aber durchaus Verständnis für Lesende aufbringen kann, die den Verdacht haben, ihnen könnten spannende Informationen über beteiligten Personen entgehen, verspreche ich dieses Versäumnis schleunigst nachzuholen, falls ich irgendeinen von den Gästen wieder treffen sollte. Wenn ich genug Zeit habe, kann ich notfalls auch eine Kurzgeschichte mit dem Titel „Delphine und die 7 PhilosophInnen" herausbringen – das ist aber kein Versprechen, da (Achtung, Spoiler!) ich die nächsten Jahre doch nicht im Gefängnis zubringen werde und somit nicht unbegrenzt Zeit habe, um Geschichten über mein Leben zu verfassen. Ich sollte mich bemühen, meinen Biografen wieder einzustellen … Entschuldigung. Ich schweife ab.

Luise und ich wurden mit Begeisterung empfangen und schafften es mit Bravour, den Smalltalk über das heutige Studentenleben und „die wilden alten Zeiten" aufs Notwendigste zu begrenzen, indem Luise ankündigte: „Wer Interesse daran hat, einen Unschuldigen vor dem Schafott zu bewahren, höre her ..." Es war kein Wunder, dass nach diesen Worten alle Augen auf sie gerichtet waren.

Wir hatten abgemacht, dass zur Not alle erfahren durften, in welche Lage ich geraten war. Selbst wenn das Gift in dem Traubensaft oder bereits im Becher gewesen war und ich es Gregor wirklich versehentlich verabreicht hatte – es war keine Absicht gewesen! Es hatte sich um eine nichtintendierte Nebenfolge meines Tuns gehandelt, die ich mit meinem Informationsstand nicht hatte voraussehen können. Demnach hatte ich es also nicht in Kauf genommen, dass er vergiftet wurde. Ich hatte schlicht und einfach keine Ahnung gehabt, dass so etwas passieren könnte. So gesehen war ich höchstens ein unfreiwilliger Mittäter bei dem Verbrechen und keineswegs der Hauptverantwortliche. Das änderte leider nichts daran, dass ich mich elend fühlte und mir Vorwürfe machte, denn vielleicht wäre es ohne mich nie so weit gekommen … vielleicht wäre nichts passiert, wenn ich zu Hause geblieben wäre und jemand anderes ihm den Becher gegeben hätte. Vielleicht war es aber auch nur Selbstüberschätzung, dass ich mir einbildete, jemand (der Mörder?) wolle unbedingt *mir persönlich* die Schuld an dem Verbrechen zuschieben. Da ich mir jedenfalls sicher war, keinen Mord geplant und ausgeführt zu haben, hatten Luise und ich beschlossen, dem Philosophen-Club die Audiodatei von meiner Schilderung der Sachlage einmal vorzuspielen.

Nun könnte es auch unbegründete Spekulationen darüber geben, ob nicht Delphine oder Luise hinter der Sache steckten und mich auf eine falsche Fährte gelockt hatten. Alle Verfechter dieser Theorie muss ich enttäuschen: es liegt zwar im Bereich des Denkbaren, ist aber völlig absurd. Beide hatten kein Motiv und sind auch nicht verrückt. Gut, Delphine war an diesem Tag, dem jährlichen Treffen, wohl ein bisschen verrückt, aber das bildete eine Ausnahme, die sich außerdem nicht mit dem Tatzeitpunkt deckte. Die anderen Menschen dort hatte ich noch nie gesehen, die meisten kamen von weit her und schienen nicht gerade erpicht darauf, bei ihrem Besuch am Bodensee Philosophiestudenten zu ermorden.

Wenn die Leserschaft nun also unbedingt das „Whodunit"-Rätselraten-Spiel spielen will (was in diesem Fall echt bescheuert ist), hier ein paar Vorschläge, wer verdächtigt werden könnte und warum:

- Ich war es doch (woher wissen Sie, dass ich ein zuverlässiger Erzähler bin?)

- Elenore war es (unser Gespräch im Park ...)

- Prof. Dr. Heidesand war es (keiner hat sich so verdächtig gemacht wie er!)

- Die Organisatorin des Philosophy Slams war es (um den Plagiatsversuch zu bestrafen)

- Der Maler Tobi war es (deshalb wollte er nicht mehr mein Biograf sein ...)

- Wir alle waren es gemeinsam (das logisch zu begründen dürfte nun aber wirklich schwer fallen.)

- Der Fall ist schlecht erzählt und deshalb war es jemand, der bisher noch nicht erwähnt wurde.

„Hören Sie nun, warum Nikodemos kein Mörder ist“, verkündete Luise in großartigem Tonfall mit ihrer Radiosprecherinnen-Stimme. Doch sie zögerte, bevor sie auf *play* drückte und schaute kurz in meine Richtung. Ich machte ihr ein zustimmendes Zeichen.

Je mehr Leute ein gutes Wort für mich einlegen konnten, desto besser. Außerdem war ich inzwischen zu neugierig auf Delphines Kommentar zu dem ganzen Schlamassel, als dass ich es mir jetzt noch anders überlegt hätte.

Als ich meine Stimme auf dem Band hörte, erschrak ich und stand spontan auf. „Macht es irgendwem etwas aus, wenn ich einen Spaziergang unternehme?“, fragte ich in die Runde.

Die Fremden sahen mich weniger perplex an, als ich es aufgrund dieser Frage erwartetet hätte.

Delphine zog nur die Augenbrauen hoch und meinte: „Paris im Regen ist schöner."

Nun folgte eine kurze Diskussion darüber, wo es die schönsten Regenspaziergänge gegeben hatte und was die alten Philosophen dabei alles erlebt hatten.

Ich schlich zur Tür. Luise hielt ärgerlich die Audioaufzeichnung an. „Wenn niemand zuhört, können wir es auch sein lassen", drohte sie und brachte die Zuhörer damit zum Schweigen, woraufhin sie das Band erneut abspielte.

„Was ist denn das!", rief eine scharfsinnige Person, als ich schon den ersten Fuß vor die Tür gesetzt hatte. „Der Verdächtige flieht?" Ich blieb stehen. „Ich fliehe lediglich vor meiner Rhetorik", versuchte ich mich zu erklären. „Wer würde das nicht tun? Sich auf Aufzeichnungen sprechen zu hören ist eine Zumutung", warf Delphine ein.

Luise hielt zähneknirschend den Rekorder wieder an.

„Wenn wir in dem Tempo fortfahren, sitzen wir morgen früh noch hier", mahnte sie.

„Aber genau das ist doch unser Ziel!", gab ein älterer Herr zum Besten.

„Nicht das Ziel vom Haselhuhn", erinnerte ihn Luise.

„Dann soll er jetzt auch nicht so ohne weiteres verschwinden", sagte die gewitzte Dame, die mich verdächtigte. „Delphine kann die Beweislage rascher analysieren wenn er bleibt. Wer sagt, dass er rechtzeitig wieder hier ist?"

Also setzte ich mich wieder und ließ mein Gestotter über mich ergehen. Delphine las aufmerksam Luises Notizen und schien nach zehn Minuten schon alles zu wissen. Sie lächelte wie eine Sphinx und ich gab meine Hoffnung auf einen guten Rat noch nicht auf. Ich traute ihr zu, diesen

Fall innerhalb einer Stunde zu lösen. Und wenn sie es nicht konnte, war es womöglich ein unlösbarer Fall.

Meine Stimme sprach den letzten Satz und ein Rauschen erklang. Nun musste ich mich wohl dem Urteil unseres Hausorakels stellen.

„Schon was festgestellt, Tantchen?", fragte Luise . Sie klang ebenso gespannt auf die Antwort, wie ich.

„Meine Güte, eins nach dem anderen!", lachte Delphine. „Ich vollbringe keine Wunder! Das ist ja wie im Studium, damals wurde ich andauernd das Opfer unverhältnismäßiger Überschätzungen. Ich werde schrittweise vorgehen und bin schon auf einer Spur. Aber einfach mal so die Aufzeichnung abspielen und dann von mir erwarten, ich wüsste auf Anhieb - "

„Unverhältnismäßige Überschätzungen? Delphine! Wir wussten schon damals, dass du es in der Philosophie noch zu unglaublichen Höhenflügen bringen würdest. Und der weitere Verlauf deiner Biographie hat diese Prognose schließlich nicht gerade widerlegt!", ereiferte sich ein kleiner Mann mit großer Brille.

„Meine Tante hat sogar einen Wikipedia-Eintrag", fügte Luise an mich gewandt erklärend hinzu.

Dafür handelte sie sich tadelnde Blicke vonseiten der philosophischen Gesellschaft ein.

„Die modernen Massenmedien sind keineswegs ein geeigneter Maßstab um den Wert philosophischer Werke zu messen", tadelte die Frau, welche mir den Fluchtversuch unterstellt hatte.

„Dieser Meinung bin ich allerdings auch. Doch bevor wir wieder vom Fall abschweifen, möchte ich an die Dringlichkeit von Nikodemos´ Angelegenheit erinnern. Wir sollten ihn nicht länger als nötig den Folterqualen der Unwissenheit aussetzen. Ihr wisst ja, das gehört zu den schlimmsten Grausamkeiten, die man denkenden Menschen antun kann."

Dann wandte sie sich wieder mir zu und lächelte mich verständnisvoll an. „Sie studieren, um das Denken zu üben?"

„Unter anderem", bestätigte ich ihre Vermutung.

Was ich Luise über meine Motivation für dieses Studium erzählt hatte, würde ich ganz sicher nicht vor der Professorin wiederholen. Und vielleicht würde mich die Behauptung von wegen „denken üben" wissbegierig wirken lassen und mir dadurch eines Tages einen Vorteil in LSP verschaffen.

Doch die Aussage forderte ihren Tribut.

„Dann sollten Sie ihren Fall selbst lösen. Womöglich zielt darauf alles ab. Ich werde Ihnen Fragen stellen, die vielleicht mehr Licht ins Dunkel bringen. Aber Sie müssen für sich die Antworten darauf finden", beschloss Delphine.

„Sind Sie bereit?"

Ich nickte und ertappte mich bei dem Gedanken, dass ich mir ja tatsächlich etwas vergleichbar Bedeutungsvolles vom Studium erhofft hatte. Obwohl mich die Tatsache, dass jemand Gregor umgebracht hatte, er also nicht mehr lebte, expliziter ausgedrückt – tot war – völlig fertig machte. Ich verwünschte meine Tendenz, trotz dem Ernst der Lage, trotz meines Schockzustandes, mich beinahe zu amüsieren. Als würde ich gerade wie früher ein lustiges Frage- und Antwortspiel spielen, eine Runde „Black Stories" zum Beispiel.

War das nicht krankhaft? Und Delphine, diese taktlose Person? Stiftete mich auch noch dazu an, als wäre es eine alltägliche Denksportaufgabe! Ein Student war ermordet worden! Und sie lächelte schelmisch! Und ich Trottel ließ mich von ihrer Neugier einfach anstecken. Womöglich war es ihrem durch die Party verursachten Zustand geschuldet, dass sie keine Miene verzog, als sie von Gregors Tod erfuhr. Außerdem hatte sie ihn nicht persönlich gekannt. Aber wer war ich, der ich mich auf ihren Vorschlag einließ? Ich war dabei gewesen, als er zusammenbrach, wurde sogar verdächtigt, der Schuldige an diesem Verbrechen zu sein. Und war jetzt stolz wie Hugo (woher auch immer dieses dämliche Sprichwort kommt) von der großen Professorin Delphine Manet genau darüber ausgefragt zu werden. Verstehe einer mal meine Psyche. Ich für meinen Teil tue es nicht.

Delphine gab sich redliche Mühe, mir einige der Zusammenhänge näher zu bringen: „Mir scheint, hier folgt nicht der Verdacht dem Verbrechen, sondern das Verbrechen dem Verdacht. Sonderbare Reihenfolge. Nikodemos, lassen Sie sich etwas sagen: Sie sind zwar unschuldig an dem Mord, aber nicht unschuldig an der Tatsache, dass sie für den Mörder gehalten werden. Sie wurden zum Mörder gemacht, weil sie sich zum Mörder gemacht haben. Das bedeutet aber keineswegs, dass sie ein Mörder *sind.*“

Nach dieser kryptischen Einleitung herrschte gespanntes Schweigen. Das Verbrechen folgte dem Verdacht? Was sollte das heißen? Hatte es zuerst einen Verdächtigen gegeben, bevor es überhaupt ein Verbrechen gegeben hatte? War ich bereits verdächtigt worden, bevor Gregor überhaupt gestorben war?

„Wie soll ich das verstehen?“, fragte ich unwirsch. „Wer hätte Interesse daran, mich zum Mörder zu machen? Und wie sollte ich mich selbst zum Mörder machen?“

Delphine lehnte sich in ihrem Sessel zurück und ließ mich dabei nicht aus den Augen. „Nikodemos, welche Rollen gibt es in jedem Kriminalfall?“

Die Frage irritierte mich. „Na den Täter, das Opfer, die Verdächtigen, die Angehörigen des Opfers, die Polizei oder den Detektiv, jedenfalls irgendwelche Ermittler ...“, zählte ich auf.

Delphine unterbrach mich mit einer energischen Handgeste. „Gut. Beschränken wir uns auf die drei zentralen Rollen. Täter. Opfer. Ermittler. Sofern es einen Ermittler gibt, nicht jedes Verbrechen wird als solches erkannt. Wer sind Sie?“

Ich fühlte mich wie in einer Quizshow. A, B oder C? „Das Opfer“, schlug ich vor. „Ich werde zu Unrecht verdächtigt“, begründete ich diese Entscheidung.

„Dann gibt es aber zwei Opfer. Dieser Gregor wurde umgebracht, er ist ja wohl das zentrale Opfer“, warf Luise vehement ein und beendete so meinen kurzen Anflug von Selbstmitleid.

„Aber der Täter bin ich nur vermeintlich. *Ich habe niemanden getötet*“, betonte ich. „Bleibt nur noch der Ermittler. Schließlich will ich wissen, warum Gregor umgebracht wurde. Und wer es getan hat“, setzte ich meine Überlegungen fort. „Bin ich ein Detektiv?“, fragte ich an Delphine gewandt.

Wie sich das anhörte! Spielten wir denn jetzt schon „Wer bin ich“ ? Ich konnte mich gerade noch beherrschen, nicht zu fragen, ob ich nun Sherlock Holmes oder Hercule Poirot war.

„Sie stellen die falschen Fragen“, gab die Professorin zu bedenken.

Nichts war offensichtlicher als das.

„Was hast *du* denn bisher ermitteln können?“, frage Luise abfällig.

Ich schwieg betreten. Wie ein großer Ermittler verhielt ich mich bisher wirklich nicht.

„Ich schätze, ich bin von allem ein bisschen“, sagte ich dann ganz opportunistisch.

Zu meiner Verwunderung strahlte Delphine mich an. „Sie sind auf dem richtigen Weg“

Damit hatte ich nicht gerechnet.

„Wer bin ich - und wenn ja, wie viele?“, stöhnte ich auf. „Vielleicht bin ich alle und es gibt in der Realität niemanden außer mir. Vielleicht existiert nichts außer mir.“

Die Sache wurde immer konfuser.

„Keine großen Ausflüge ins Reich der Philosophie bitte. Fragen Sie sich doch, warum Sie an jeder dieser Rollen teilhaben, ohne einer davon wirklich gerecht werden zu können. Fangen wir beim Täter an. Warum sind Sie der Täter?“

Luise wedelte mit ihrer Liste. Ich warf einen Blick darauf.

„Okay. Ich rate“, kündigte ich an.

„Ich … lese Schuld und Sühne. Ein Buch über einen Mörder, einen Studenten. Ich bin ein Student, aber kein Mörder.“

„Was haben Studenten und Mörder gemeinsam?“, fragte plötzlich einer der Gäste.

Was sollte denn das jetzt? Aber solange er mich nicht nach den Gemeinsamkeiten von Raben und Schreibtischen fragte, musste ich mich wenigstens nicht fragen, ob ich ins Wunderland geraten war.

„Sie … äh … müssen ... Dinge gut planen?“, brachte ich ungläubig hervor.

Diese Antwort veranlasste den Herrn mit der Brille und seinen Nebensitzer, der mir die Frage gestellt hatte, sich einen möglichen Syllogismus zu überlegen. Es sollten die Begriffe „Studenten“, „Organisatoren“ und „Mörder“ vorkommen, wobei der Untersatz besagen sollte: „Einige Studenten sind Mörder“. Oder auch „Einige Mörder sind Studenten“. Luise setzte sich aus Gleichstellungsgründen sofort dafür ein, dass die Wörter in „Studierende“, „Organisierende“ und „Mordende“ abgeändert wurden. Allerdings schienen alle Versuche in irgendwelchen Fehlschlüssen zu enden und irgendwann schrie der mit der Brille seinen alten Kumpel an: „Ja, mag ja sein, dass sowohl die Mordenden als auch die Studierenden zur Menge der Organisierenden gehören! Dann sind eben einige Organisierende Studierende, andere sind jedoch Mordende! Aber wer sagt, dass beide Prädikate auf denselben Organisator zutreffen?!“

„Und was haben Sie unternommen, um ihr Studium zu planen?“, fragte Delphine an mich gewandt und erhob dabei die Stimme. Der Streit zwischen ihren ehemaligen Kommilitonen wurde augenblicklich beigelegt.

„Nicht viel?“, kam es von mir zurück.

„Nicht so bescheiden. Denken Sie, wo Sie waren, um ihr Studium zu planen.“

Ich überlegte. „In der Uni?“

„Weiter."

„Beim Ersti-Frühstück."

„Wo noch?"

„Bei der Vorstellung der Lehrenden."

„Und wen haben Sie dort getroffen?"

„Sie. Professor Heidesand. Elenore. Und Gregor ..."

„Sind Sie dort in irgendeiner Weise aufgefallen?"

„Nein."

„Doch. Sie kamen zu spät. Das weiß ich noch, weil ich sehr erschrocken bin, als plötzlich mein Untermieter in den Raum kam."

„Oh. Stimmt."

„Was würden Sie tun, um sich darüber zu informieren, wie Sie jemanden am Besten ermorden? Wenn Sie jemanden vergiften wollten?", wechselte sie plötzlich das Thema.

„Ich würde mich über Giftpflanzen und ihre Wirkung informieren", antwortete ich spontan.

Mein Blick viel auf ein Stichwort auf der Liste. „Oh. Der Pflanzenratgeber. Den hatte ich aber ausgeliehen, weil … äh ... ich was gegen meinen Husten in der Apotheke holen wollte. Einen Kräutertee vielleicht."

Delphines Abendgesellschaft wechselte vielsagende Blicke.

„Wusste jemand von dem Buch?", fragte Delphine.

Das durfte nicht wahr sein!

„Ja, Professor Heidesand war dabei, als ich es ausgeliehen habe“, antwortete ich betreten.

Delphine nickte zufrieden. „Wusste er sonst noch etwas?“

Ich atmete tief durch. „Er wusste, dass ich `Schuld und Sühne` lese. Ich habe es heimlich in der Vorlesung gelesen, aber er hat es gemerkt.“

„Wissen Sie nun, was Sie zum Mörder macht?“, fragte Delphine.

„Ich ahne es“, brummte ich verstimmt.

„Weitere Bücher?“, erkundigte sich einer der Besucher.

„Eine Sokrates-Biographie“, gestand ich.

„Heureka!“, rief Delphine und ich verzog schmerzlich das Gesicht. Das wurde ja immer besser.

„Hatten Sie ein Motiv, Gregor umzubringen?“, erkundigte sie sich behutsamer. „Ja, aber nur ein lächerliches. Er hat mir die Idee für den Philosophy Slam geklaut und als seine eigene ausgegeben.“

Ich raufte mir meine ohnehin schon wirren Haare.

„Ich war wütend, wollte mich rächen … wie das halt so ist. Aber nicht ernsthaft.“

Delphine runzelte die Stirn. „Interessant … wann haben Sie denn erfahren, dass er Sie hereingelegt hat?“, wollte sie wissen, was sie gerade auf dem Band schon gehört hatte.

„Während seinem Auftritt beim Slam. Den Verdacht hatte ich ja schon vor seinem Auftritt, weil er meinen Text ausgetauscht und zu spät eingereicht hatte.“

„Also sind Sie nicht aufgetreten."

„Nein, ich wurde disqualifiziert."

„Dann waren Sie im Publikum?"

„Nein, ich habe ihm den Schierlingsbecher gegeben. Ich dachte, es wäre Traubensaft. Professor Heidesand hat das nämlich behauptet. Er wollte, dass ich es ihm gebe."

„Warum haben Sie nicht abgelehnt?"

„Keine Ahnung. Der Abend war eh schon gelaufen. Aber es hätte doch auch jemand anderen treffen können! Was wenn jemand anderes gewonnen hätte?", rief ich plötzlich besorgt und Elenores Bild flammte vor meinem inneren Auge auf.

War das Gift überhaupt für Gregor bestimmt gewesen?

„War sein Sieg gerechtfertigt, abgesehen von seinem Plagiat?", fragte Delphine.

Ich schüttelte heftig den Kopf. „Nein, Elenore war viel besser. Aber er hatte mehr Applaus. Das kam mir damals verdächtig vor, und ich dachte, er hat Applaudeure engagiert um zu gewinnen. Dann war es ein Trick, damit er gewinnt und den Schierlingsbecher trinken muss?"

Delphine setzte sich langsam wieder in ihrem Sessel auf und beugte sich gespannt vor. „Wer hat ihn zuletzt lebend gesehen?"

„Ich. Und Professor Heidesand."

„Waren Sie dabei, als Gregor gestorben ist?"

„Ja. Nein. Eigentlich nicht. Der Professor hat mich vorher weggeschickt. Aber der Junge sah echt übel aus."

„Verstehen Sie nun, warum Sie der Hauptverdächtige sind?“

„Ich kann es mir denken. Aber der Prof ist auch verdächtig.“

„Hat er denn ein Motiv?“, fragte Delphine zögernd.

Damit war ich überfragt. „Wenn ja, kenne ich es nicht.“

„Was macht ihn verdächtig?“

Darüber konnte ich einiges erzählen. Also fasste ich noch einmal die merkwürdigsten Begebenheiten zusammen:

„Er war immer und überall dabei. Er wusste, welche Bücher ich lese. Er wollte ein gutes Wort bei der Polizei für mich einlegen, wenn ich ihm ein Geständnis in Essay-Form abliefere. Er war der Letzte, der Gregor lebend gesehen hat. Er hat den Rettungsdienst gerufen.“

„Woher wissen Sie, dass es der Rettungsdienst war?“, unterbrach mich Delphine hastig.

Ich sah sie ungläubig an. Das wollte sie ernsthaft in Frage stellen?

„Es kam ein Krankenwagen und zwei Sanitäter stiegen aus. Soviel habe ich gesehen.“

„Haben die sich um ihren Kommilitonen gekümmert?“, setzte sie den Gedanken fort.

Ich wurde unsicher. „Ich gehe davon aus.“

„Woher wissen Sie das?“, holte Delphine zu einem weiteren Schlag aus.

„Von Professor Heidesand“, kam meine klägliche Antwort.

„Woher wissen Sie überhaupt, dass Gregor vergiftet wurde?“

„Von Professor Heidesand.“

So langsam wurde das zum Running Gag.

„Woher wissen Sie, dass Gregor tot ist?“

„Von Professor Heidesand“, antworteten zwei ihrer Freunde im Chor und lachten komisch.

Ich lächelte schief. „Exakt.“

Delphine erhob sich und baute sich vor mir auf.

„Und woher wissen Sie, dass Professor Heidesand nicht lügt?“

Ich musterte die Tischplatte, auf der ich meinen Arm aufgestützt hatte. „Gute Frage.“

„Wer weiß noch von Gregors Tod?“, setzte Delphine ihre Befragung fort.

„Nur Elenore“, antwortete ich unwillig.

„Von wem weiß sie es?“

Die Frau war wirklich hartnäckig.

„Von mir.“

„Und Sie wissen es von Professor Heidesand. Wissen Sie, warum sonst niemand davon weiß?“

Wir waren kurz vor der Auflösung, das merkte ich, als ich meine Antwort gab.

„*Laut Professor Heidesand* wünscht Gregors Familie, dass es geheim bleibt. Wegen der Gerüchte, vielleicht sind das wichtige Leute. Und an der Uni kannte Gregor niemanden außer mir. *Nach Professor Heidesand* war er ein Austauschstudent."

„Sie kennen die Familie?"

„Nein."

„Und all das bedeutet?", fragte Delphine.

Alle Augen waren auf mich gerichtet. Ich hatte meine Schlüsse aus dem Gespräch gezogen und ich zögerte nicht lange damit, zu verkünden:

„Das bedeutet: der Professor lügt. Und wenn er sowieso lügt, könnte es sein, dass Gregor … gar nicht tot ist? Jemand anderer ist, als er vorgibt zu sein?"

Diese Möglichkeit kam mir zu unglaublich vor um wahr zu sein.

Doch Delphine rief enthusiastisch: „Es sieht so aus, als hätten wir den Fall gelöst!"

„Darauf müssen wir anstoßen!", rief der Mann mit der Brille.

„Ja, wir werden feiern, bis die Uni wieder öffnet und Delphine und ihr Student diesem Professor Heidesand morgen einen Besuch abstatten werden, um diese Hypothese zu beweisen!", ereiferte sich die Frau, die mich zunächst verdächtigt hatte. „Übrigens habe ich noch nie von dem Professor gehört. Er scheint keinen besonderes wertvollen Beitrag zur Philosophiegeschichte geliefert zu haben", fügte sie hinzu.

Der Vorschlag mit der Party löste eine allgemeine Geschäftigkeit im Wohnzimmer aus und die Weingläser, die während der Befragung unberührt auf dem Tisch gestanden hatten, wurden wieder gefüllt und der ältere Herr, dessen Ziel es war, morgen früh noch hier zu sitzen, drehte sich einen neuen Joint, den er dann großzügig in der Runde herumgehen ließ, da der Vorige wohl bei dem Versuch, ihn vor Luise und mir zu verstecken, verloren gegangen war. Auch die Chance zum Spielen experimenteller Klaviermusik ließ sich Delphines Entourage nicht nehmen und nun war es Luise, die einen Regenspaziergang nötig hatte, nachdem sie die Feier fünf Minuten skeptisch beobachtet hatte. Das hielt mich davon ab, an der Party aktiv teilzunehmen.

Es grämte mich kurz, meiner mehr als aufgewühlten Stimmung nicht einfach mit einem kleinen Besuch in anderen Sphären der Wahrnehmung zu entfliehen, aber der Fall war für mich alles andere als abgeschlossen. Wir mussten Gregor finden oder beweisen, dass Professor Heidesand mich angelogen hatte. Sonst bestand schließlich nach wie vor die Gefahr, dass es doch einen Mordfall gegeben hatte und ich tatsächlich verdächtigt wurde. Außerdem musste ich zuerst einmal verkraften, dass ich wohl das Opfer eines geschmacklosen Scherzes geworden war - und nicht wusste, warum es dazu gekommen war. Ich stand wahrscheinlich unter Schock und ein kühler Herbstregen würde mir da besser tun als – um es mit einer Anekdote an Baudelaire zu sagen – in die künstlichen Paradiese von Wein und Haschisch zu entweichen.

Wir nahmen einen Regenschirm mit, aber die Wassertropfen prasselten nicht mehr vom Himmel herab, sondern hatten sich in einen feinen, aber beharrlichen Nieselregen verwandelt. Wir einigten uns darauf, dass ich den Schirm auf der ersten Hälfte des Spaziergangs und Luise ihn auf dem Rückweg tragen würde. Da wir ähnlich groß waren und im einundzwanzigsten Jahrhundert lebten, sah sie keinen vernünftigen Grund, warum sie nicht auch eine Weile den Schirm tragen konnte. Dann schwiegen wir und hörten gemeinsam ein paar alte Lieder von den Rolling Stones, die ich auf dem Handy hatte, während wir über die nasse Straße spazierten.

„Es ist schon vier!“, rief ich überrascht, als ich auf die Uhr sah. „Bist du müde?“, fragte ich.

„Als ob“, wehrte sie ab. „Das war ein ziemlich aufregender Abend. Und ins Haus will ich nicht unbedingt, solange meine Tante ihre Leute da hat.“

„Dann fahren wir eben in die Stadt. Jetzt“ , entschied ich übermütig. „Aber nicht mit dem Auto“, kam es von Luise.

Ich lachte auf und schüttelte den Schirm aus. Es hatte aufgehört zu regnen. „Nein, nein, wir laufen jetzt nach Meersburg zur Fähre!“, rief ich und hüpfte ein paar Schritte auf dem Weg voraus. Es kam mir gerade recht, mich nach all dem Stress ein bisschen auszupowern.

„Also nehmen wir die Fähre um fünf, frühstücken später beim Bäcker und ermitteln dann“, schlug Luise vor.

Ich lief rückwärts, sodass ich sie ansehen konnte. „Jaja! So machen wir das!“, pflichtete ich ihr bei. „Wir fragen im Krankenhaus, ob da neulich jemand gestorben ist. Und im Büro für die Austauschstudenten, ob es wirklich einen Gregor gab. Danach stellen wir den Heidesand zur Rede!“

Die Lösung war so nah, so nah! Ich konnte es kaum fassen!

„Ich habe eine Freundin bei der Polizei. Vielleicht kann sie mir sagen, ob momentan überhaupt in einem Mordfall ermittelt wird“, fügte Luise hinzu, und erklärte sich so einverstanden mit meinem abenteuerlichen Plan.

9

Fall gelöst?!

Gesagt, getan. Wir waren bei den Ermittlungen in Konstanz am nächsten Morgen zwar schrecklich übermüdet, und hätten dank unserer Augenringe ohne das Zutun jeglicher Maskenbildner in einem Horrorfilm mitspielen können, aber wir waren erfolgreich. Der Erfolg äußerte sich darin, dass unsere Befragungen nach dem Frühstück dafür sorgten, dass der Betrug, der mir widerfahren war, immer greifbarer wurde.

Unsere erste Station war das Krankenhaus. Luise gab sich als Gregors Freundin aus. Sie habe von einem Bekannten erfahren, dass ihr Freund unter ihr unbekannten Umständen gestorben sei und wollte sich nun Gewissheit verschaffen. Da sie so übernächtigt war, untermalte das praktischerweise ihre zur Schau gestellte Verzweiflung und ließ ihre Geschichte glaubwürdig werden. Daraufhin bekam eine Krankenpflegerin Mitleid und lieferte uns die gewünschten Informationen. Unser Verdacht bestätigte sich: es habe in den letzten Tagen keine männlichen Toten Anfang Zwanzig im Krankenhaus gegeben. Nur einen Achtzehnjährigen, der bei einem Autounfall ums Leben gekommen sei. Doch von einem Gregor Bergmann wisse hier niemand etwas. Allerdings sorgte meine Anwesenheit für Argwohn unter dem Krankenhauspersonal. So ernannte mich Luise spontan zu ihrem „kleinen Bruder".

Nach dieser Episode war ich nicht besonders gut auf sie zu sprechen. Machte sie sich heimlich lustig über mich? Wieso kleiner Bruder? Gut, ich war etwas jünger. Fast drei Jahre. Aber hätte „Bruder" nicht einfach gereicht? Als wir uns verabschiedeten, murmelte sie etwas von: „Vielleicht besteht noch Hoffnung und es war nur ein

Missverständnis ...", womit wir vollkommen unelegant weiteren Fragen entflohen.

Anschließend rief sie ihre Freundin von der Polizei an. Wir durften zwar nichts über die laufenden Ermittlungen erfahren, aber sie verriet dennoch, dass es hier keinen Mord in den letzten Wochen gegeben habe. Luise verpackte die Fragen geschickt in ein alltägliches Geplauder, sodass ihre Freundin nicht merkte, dass dieses Gespräch über allgemeine Neugier hinausging. Jedenfalls war sie so klug, das Wort „Schierlingsbecher" nicht zu erwähnen. Als sie das Gespräch beendet hatte, wechselten wir einen langen Blick.

„Zur Uni?", fragte ich.

„Zur Uni", sagte sie und wir fuhren mit dem nächsten Bus.

Auch die Sekretärin im Büro, das die Auslandssemester organisierte, hatte noch nie etwas von meinem „Mitbewohner" Gregor Bergmann, den ich seit einigen Tagen nirgends finden konnte, gehört. Sie suchte ihn in der Kartei, wurde nicht fündig und wunderte sich, dass es sich bei dem Namen überhaupt um einen Austauschstudenten handeln sollte. „Vielleicht taucht er ja bald wieder auf", behauptete ich schulterzuckend und wir ließen sie in ihrer Verwunderung zurück.

Nun war es höchste Zeit, Professor Heidesand zur Rede zu stellen, um zu erfahren, was das alles zu bedeuten hatte.

Wenn Gregor nicht Gregor war, wer war er dann? Und wenn er nicht gestorben war, wo war er jetzt? Hatte Professor Heidesand ihn entführt? Aber warum? Nein, vielleicht war er auch eingeweiht, ein Komplize des Professors. Wenn das so war, dann hatten sie es auf mich abgesehen. Aber inwiefern? Was sollte das alles?

Luise rief Delphine an, die dem Showdown beiwohnen sollte. Ihre Tante erschien erstaunlich frisch und erholt in der Universität, was nach der durchfeierten Nacht in ihrem Alter ein echtes Wunder war. Sie verzieh uns großmütig, dass wir ihre Gastfreundschaft gestern ausgeschlagen hatten, um die Ermittlungen fortzusetzen. „Ihr fleißigen Studis“, nannte sie uns spöttisch.

Professor Heidesand kam gerade aus seinem Seminar, als wir ihn auf dem Gang aufhielten.

„Überraschung! Wir haben den Fall gelöst“, eröffnete Delphine ihm die Neuigkeiten in einem Tonfall, der die Nachwirkungen ihrer Philosophenparty verriet.

Der Professor funkelte sie durch seine grün getönte Brille zornig an. „Das geht nicht! Das ist nicht Ihre Aufgabe!“

„Wessen Aufgabe ist es denn dann?“, fragte Delphine triumphierend, weil er sich mit diesem Kommentar beinahe schon verraten hatte.

„Es ist meine Aufgabe“, meinte ich.

Heidesand widersprach nicht, sondern fuhr an Delphine gewandt fort, sich über ihre Einmischung zu beschweren.

„Professorin Manet, dass Sie das durchschauen würden, war mir bewusst. Aber Ziel meines Vorhabens war nicht, dass Sie den Fall lösen. Herr Haselhuhn braucht keine Hilfe.“

„Und ob er Hilfe braucht!“, entrüstete sich Delphine. „Er ist psychisch am Ende. Sehen Sie das nicht? Sie machen ihn krank!“

Heidesand wandte sich hochmütig ab. „Wenn er so labil ist, kann ich ihn nicht gebrauchen.“

„Wofür gebrauchen?“, machte ich ärgerlich wieder auf mich aufmerksam.

Sie redeten über mich wie über einen nicht zurechnungsfähigen Abwesenden.

Delphine reagierte nicht. „Wir sollten das mal mit Kollegen aus der angewandten Ethik diskutieren. Die werden gar nicht amüsiert sein, über Ihre Methoden. Das ist ethisch einfach nicht vertretbar! Ich habe ihm geholfen, weil ich das nicht länger mitansehen konnte. Ein Ersti. Also wirklich!“, mahnte sie.

Heidesand schnaubte. „Das konnte nur bei einem Ersti funktionieren. Wir gehen jetzt in mein Büro und ich erkläre Ihnen alles. Allein“, sagte er an mich gewandt in einem entschiedenen Tonfall und gab Delphine und Luise ein Zeichen, zu verschwinden.

„Er wird wohlbehalten zurückkehren“, fügte er sarkastisch hinzu, als er die unentschlossenen Blicke der beiden bemerkte.

„Wir treffen uns nachher vor der Bibliothek“, sagte ich zu ihnen und folgte Professor Heidesand mit gemischten Gefühlen in sein Büro.

Als wir uns gegenüber saßen, bemerkte ich, dass er beleidigt war. „Dass Sie eine neugierige Schar von Weibern in den Fall einweihen, war nicht vorgesehen“, beklagte er sich.

„Übertreiben Sie nicht! Außerdem würden es die Individuen, die der sogenannten ´Schar´ angehören, nicht gern erfahren, wie Sie sie betiteln.“

„Und? Was haben Sie Spektakuläres herausgefunden, dass Sie meine kostbare Zeit zu beanspruchen?“

„Ich bin nicht der Mörder.“

„Ach. Und warum?“

„Weil es keine Leiche gibt.“

„So. Warum?“

„Weil es keinen Mord gab.“

„Keinen Mord? Warum?“

„Weil Gregor gar nicht tot ist?“

„Und warum?“

„Den Grund dafür kenne ich nicht, aber … weil sie mich angelogen haben. Er war nie tot.“

„Warum?“

„Weil Gregor gar nicht vergiftet wurde … nicht gestorben ist ... und zwar, weil es nie einen Gregor gab.“

„Warum?“

„Weil der Typ, der sich als Gregor ausgegeben hat, eine andere Person ist.“

„Warum?“

„Weil Sie ihn überredet haben, seine Identität zu fälschen.“

„Warum sollte ich?“

„Weil Sie mich testen wollten?“

„Warum sollte ich Interesse daran haben?“

„Sie hielten mich für einen geeigneten Verdächtigen, weil ich zur falschen Zeit das falsche Buch gelesen habe."

„Warum?"

„Äh … weil es spannender ist Dostojewski zu lesen, als ihrer langweiligen Vorlesung zuzuhören?"

Er sah mich verstimmt an. „Lassen wir das Fragespiel. Sie haben Recht in allem, was sie sagen. Und doch können Sie es nicht erklären. Es gibt keinen Mörder, keine Leiche, keinen Fall. Der Fall bestand für Sie vielmehr darin, herauszufinden, dass er nicht existiert. Aber Sie wissen noch immer nicht, warum ich Sie habe ermitteln lassen."

Nein, das wusste ich wirklich nicht.

„Ihnen war langweilig? Sie sind ein Psychopath? Das ist eine Aufnahmeprüfung für eine Burschenschaft?", riet ich willkürlich.

Er machte eine wegwerfende Handbewegung. „Alles falsch. Es verbirgt sich ein konkreter Plan dahinter."

Plötzlich kam mir eine Idee, etwas, das ich im Gespräch mit einem Soziologiestudenten aufgeschnappt hatte. „Jetzt weiß ich es! Es war ein Krisenexperiment! Sie wollten die Normen des Alltags durch eine abweichende Situation aufdecken."

„Nein."

Jetzt war ich ratloser denn je. Das mit dem Krisenexperiment hatte sich doch ganz plausibel angehört.

„Wenn Sie auf diese offensichtliche Lösung nicht kommen, dann müssen Sie wohl den rechten Augenblick abwarten. Kairos, wie die alten Griechen sagten. Verlassen Sie sich darauf, er wird mit einer Entscheidung einhergehen. Sie haben sich zwar nicht so gut geschlagen wie erhofft, aber immerhin gut genug, dass noch Hoffnung besteht. Jetzt konzentrieren Sie sich erst einmal auf die Prüfungsphase, Sie haben das Studium ziemlich schleifen gelassen in letzter Zeit!“

So wurde ich abgefertigt und hinaus geschickt.

Vielleicht wollte er auch testen, wie lange er mich provozieren konnte, bis ich tatsächlich zum Mörder wurde, und es einen Professor weniger dort geben würde. In dieser Hinsicht war der Kerl auf einem guten Weg sein Ziel doch noch zu erreichen. Ich war außer mir. Er konnte mich doch nicht einfach so ohne weiteres stehen lassen! In ein paar Tagen waren Weihnachtsferien! Und ich sollte dieses Jahr nicht mehr erfahren, was hier ablief? Und war der falsche Gregor nun munter und gesund oder nicht? Fragen über Fragen. Jede Frage löste eine neue Frage aus.

Delphine war mit dem Auto da und fuhr Luise und mich nach Hause. Luise schien müde genug, um sich nicht über Umweltthemen auszulassen. Ich war am Ende meiner Kräfte und murmelte nur: „Wir hatten Recht mit unserer Theorie, aber er wollte mir noch nicht alles verraten. Wissen Sie, was sein Plan ist?“ Delphine hüllte sich in Schweigen und ich war so fertig, dass ich auf der Autofahrt einschlief. Es war mir völlig egal, ob Delphine schon nüchtern genug zum Autofahren war, mir war alles egal. Ich brauchte jetzt nur Ruhe.

Die Ferien fingen an und der Besuch bei meiner Familie in der Nähe von Berlin über die Feiertage rückte immer näher. Doch bevor ich den See für dieses Jahr verließ, musste ich mich noch mit Elenore versöhnen. Die Grundlage unserer Meinungsverschiedenheit basierte auf – nichts! Die ganze Krimigeschichte hatte sich jedenfalls nur in unseren Köpfen abgespielt, es gab also keinen Grund einen Groll gegen Elenore zu hegen.

Vermutlich war niemand hierbei zu Schaden gekommen, und zum Glück war ich nicht so sensibel, dass ich ein Trauma oder so was davon erlitten hatte. Außerdem bewunderte Elenore mich und würde mich nicht vor anderen Leuten „ihren kleinen Bruder“ nennen wie die selbstgefällige Luise. Nachdem ich mich von den nervenaufreibenden Ereignissen genügend erholt hatte, überkam mich die Idee, Elenore sehen zu müssen, ich war ganz begeistert davon. Außerdem war die Sache jetzt spannender, weil ich nicht wusste, ob sie mich überhaupt je wiedersehen wollte. Ich hatte überreagiert. Ihre Ansichten über gut und böse, über Mörder, das war wohl alles jugendlicher Überschwang. Vor zwei oder drei Jahren hatte ich auch ganz gern mal übertrieben, das war doch normal in ihrem Alter. Na gut, ich hatte sogar vor zwei oder drei Monaten noch die Neigung gehabt, in vielen Dingen ein großes Drama zu sehen. Vielleicht auch Wochen. Oder Tagen? Ich konnte sie auf einmal gut verstehen. Die Situation hatte uns allen fast den Verstand geraubt. Es gab wirklich keinen Grund, sie nicht zu treffen. Es sei denn, sie hasste mich jetzt. Und dann musste ich mir eben etwas neues überlegen. Meine Nachrichten und Telefonanrufe ignorierte sie jedenfalls. Es waren drei. Zwei Nachrichten, ein Anruf. Ich wollte mich nicht lächerlich machen.

Doch ich traf sie trotzdem – am Tag vor meiner Abreise, als ich die fatalen Bücher (die Sokrates-Biographie, die ich nie wirklich gelesen hatte, sowie den Pflanzenratgeber) wieder in der Bibliothek abgab und anschließend den Campus verlassen wollte.

Sie kam mir entgegen, wie dem Nirgendwo entstiegen. Als sie mich sah, blieb sie zögernd stehen und wartete mit verschränkten Armen darauf, dass ich auf sie zukam.

Elenore verzog keine Miene, als ich sie erreicht hatte, sie stellte nur fest: „Du läufst frei herum."

„Ja. Denn es war alles ganz anders als ich dachte und – es tut mir Leid!", erwiderte ich hastig um dann in ein völlig idiotisches Gequassel zu verfallen. „Es ist gut, dass wir uns jetzt sehen, denn du wolltest mich ja eigentlich nicht mehr sehen, was ich voll verstehen kann, nachdem ich meinte, dass wir uns besser nicht mehr wieder sehen sollten … aber jetzt ist alles ganz anders gekommen."

„Hm. Okay", machte sie unbeeindruckt. „Brauchst du jetzt doch meine Hilfe?", fügte sie argwöhnisch hinzu.

Ich wehrte heftig ab. „Nein nein, das ist ja der Grund, warum ich dich sprechen wollte! Der Fall ist weg."

„Du meinst, der Fall ist gelöst?"

„Na ja, nicht direkt. Er hat sich aufgelöst. Es war nie ein echter Fall, jedenfalls kein Mordfall. Es klingt unglaublich, aber Professor Heidesand hat mich reingelegt. Gregor ist nicht tot, der Anfall war wohl nur vorgetäuscht. Außerdem heißt er nicht einmal Gregor, das war nur sein Deckname. Also bin ich definitiv nicht sein Mörder, da es gar keinen Mord gab. Das wollte ich dir nur mal sagen. Ich bin raus aus der Sache."

Elenore sah erstaunt zu mir auf. „Du wurdest reingelegt? Echt jetzt? Ja aber – warum?"

Ich schloss für einen Moment die Augen und atmete tief durch, bevor ich sagte: „Ein Krisenexperiment."

Mir war nicht völlig klar, warum ich das behauptete, aber ich wollte erst Heidesands Antwort abwarten, bis ich entscheiden konnte, ob ich Elenore die Wahrheit überhaupt zumuten wollte. Gestand ich dagegen meine Unwissenheit, würde sie mich nur immer wieder danach fragen.

Die Gleichgültigkeit verschwand urplötzlich aus ihrem Gesicht und machte einer offenen Entrüstung Platz.

„Echt jetzt? Das gibt's doch nicht! Und wegen so einem blöden Experiment bist du fast durchgedreht und ich habe diese vielen dummen Sachen zu dir gesagt … da sieht man es doch mal wieder was diese Sozialexperimente anrichten. Hast du den Film über das Stanford Prison Experiment gesehen? Schrecklich ist das! Da können psychische Folgeschäden zurückbleiben, sie hätten dich einweihen müssen, zu welcher wissenschaftlichen Erkenntnis soll das denn bitte führen? Du bist doch schließlich einer von den Philosophen, und nicht, keine Ahnung, Kriminologe oder so was. Und mit Soziologie hast du auch nichts zu tun. Was ist denn dieser unmögliche Prof für ein Mensch? Ein Glück, dass ich so selten zur Vorlesung gehe! Die Geschichte kam mir ja schon die ganze Zeit seltsam vor, aber ..."

„Jedenfalls ist jetzt alles gut, ich bin kein Verbrecher!", strahlte ich sie an und unterbrach so ihren Redefluss.

Sie war ganz aus dem Häuschen. „Da bin ich wirklich erleichtert. Das ist so genial!"

Sie trat plötzlich einen Schritt auf mich zu, schlang ihre Arme um meinen Hals und ließ ihren Kopf gegen meine Schulter sinken, während sie kaum hörbar irgendetwas von wegen „Nick, ich bin so froh, so froh …!", murmelte und leise hinzufügte. „Du kannst dir nicht vorstellen, wie erleichtert ich bin – ach Quatsch! Doch, natürlich kannst du! Du musst noch viel erleichterter sein."

Ich war gerührt von dieser unverhofften Anteilnahme an meinem Schicksal und spielte eine Sekunde mit dem Gedanken, sie zu küssen.

Aber irgendetwas hielt mich zurück, eine innere Stimme sagte mir, dass die Turbulenzen in meinem Leben nur zunehmen würden, wenn ich das jetzt tat.

Elenore würde mir nicht gerade zu Ruhe und Frieden verhelfen. Ja, vielleicht fühlte ich mich zu ihr hingezogen. Vielleicht könnte ich mir vorstellen, mich irgendwann in sie zu verlieben – aber es war mir völlig klar, dass es in einer einzigen Katastrophe enden würde.

Sie ließ mich langsam los, trat einen Schritt zurück und betrachtete mich verklärt. „Ich hatte übrigens Recht", sagte sie unvermittelt.

„Womit?", fragte ich überrascht.

„Mit meinem Traum. Er war prophetisch. Du bist wirklich in Gefahr geraten. Zumindest sah es für uns eine ganze Weile so aus."

„Möglich", gab ich verhalten zu. „Sag´ mir Bescheid, wenn du wieder eine Prophezeiung für mich hast, dann kann ich mich darauf vorbereiten", fügte ich scherzhaft hinzu, als merkte, dass meine einsilbige Antwort sie störte.

Sie lächelte versöhnlich. „Das ist ein Anfang."

„Lach´ mich nicht aus, wenn ich wegen dir noch eines Tages eine Ausbildung als Schamane anfange. So weit bringst du mich vielleicht einmal", neckte ich sie.

„Unbedingt!", rief sie überschwänglich.

Daraufhin geriet das Gespräch ins Stocken und wir verabschiedeten uns kurz darauf.

Ich war sehr erleichtert darüber, mich noch im alten Jahr mit ihr versöhnt zu haben. Was das betrifft bin ich doch ein bisschen abergläubisch. Ich will ungeklärte Angelegenheiten nicht über die Jahre hinweg mit mir herumschleppen, dabei habe ich immer ein ungutes Gefühl. Deshalb störte es mich besonders, dass Professor Heidesand so sparsam mit seinen Erklärungen umging. Ich hätte es wirklich gern noch in diesem Jahr erfahren, warum gerade mir all das widerfahren war. War es denn in der Uni so entscheidend, welche Bücher man auslieh?

Die Ferien, also Weihnachten und Silvester, verdienen keine Beschreibung. Meine nörgelnde Familie, die mir vorhielt, meine Zukunft durch das Philosophiestudium völlig zu verbauen und eine eher erzwungene Zusammenkunft des verbliebene Drittels meines alten Freundeskreises an Silvester brachten mich zwar auf andere Gedanken, aber die waren weder neu, noch besser als meine vorigen. Gerade jetzt gab es für mich kein Zurück mehr. Nach allem, was ich erlebt hatte, war ich ein anderer Mensch geworden. Ein Mensch mit Geheimnissen. Ich war an Silvester kurz davor, einem guten Kumpel aus meiner Schulzeit die ganze Story zu erzählen, aber entschied mich im letzten Moment dagegen. Es waren Welten, die inzwischen einfach nicht mehr zusammenpassten. Und meinen Eltern hätte die Geschichte doch nur zur Bestätigung gedient, dass Philosophie nichts war, was man ´ernsthaft studieren kann´, meine Schwester interessierte sich sowieso nicht für mein Leben. Also blieb ich ziemlich undurchsichtig, sagte zu allem Ja und Amen und ließ mich mit stoischer Gelassenheit als Taugenichts beschimpfen. Dementsprechend froh war ich am Ferienende. Endlich hatte ich mich von der Krise des vermeintlichen Kriminalfalls erholt und konnte nun auch wieder der Krise namens ´Familienangelegenheiten´ entkommen.

10

Neue Berufsaussichten für Philosophen

Die Prüfungen kamen einen Monat später. Ich hatte mich nur zu einer Philosophie-Prüfung angemeldet, Physik war endgültig für mich gelaufen.

In Philosophie fiel ich durch. Es war mir unerklärlich. Es gab Kommilitonen, die weniger gelernt und trotzdem bestanden hatten. Ich hatte nämlich einiges nachgeholt, da ich den Großteil der Vorlesung verpasst hatte. Doch auch die Nachwirkungen und offenen Fragen des Kriminalfalls hatten noch einen guten Teil meiner Denkfähigkeit in Anspruch genommen.

Nach der gefloppten Prüfung bewahrte ich die Ruhe. Ich lernte am Anfang der Semesterferien noch einmal die wichtigsten Konzepte zur Willensfreiheitsdebatte, woraufhin ich mich hervorragend vorbereitet fühlte. Die Nachklausur war bereits kurz nach dem Haupttermin und wir erfuhren diesmal sehr rasch, dass alle bestanden hatten – ich bildete die einzige Ausnahme.

Ungläubig starrte ich auf die Fünf auf dem Laptopmonitor. Konnte das wirklich meine Note sein, die da neben meiner Matrikelnummer auf der Liste stand?

Andererseits wunderte mich das gar nicht so sehr, wenn ich bedachte, dass es sich um die Klausur bei dem zwielichtigen Professor Heidesand, dem erfahrungsgemäß vieles zuzutrauen war, handelte. Vielleicht wollte er mir diesmal meine Exmatrikulation vorgaukeln, um einen besseren Vorwand für ein Gespräch mit mir zu haben.

Dieses Motiv war allerdings viel zu edel für den selbsternannten Usurpator des Fachbereichs Philosophie. Er ließ mich nämlich durchfallen, damit er mich besser erpressen konnte. Sein neuer Vorschlag übertraf alles, was der Professor mir bisher abverlangt hatte. Er kam nicht sofort auf die vermasselte Prüfung zu sprechen, sondern erging sich zunächst in Erklärungen über den vermeintlichen Kriminalfall: „Sie wollen nun sicher von mir erfahren, wie ich Sie dazu gebracht habe, an einen Mord zu glauben, den es nie gab“, eröffnete er das Gespräch.

Inzwischen wollte ich viel eher wissen, ob ich mein Studium fortsetzen konnte, aber ich schwieg und wartete ab, was er zu sagen hatte.

„Der Philosophy Slam wurde nur zu diesem Zweck ins Leben gerufen“, erklärte er. „Ich überredete eine Kollegin dazu, das Rahmenprogramm zu organisieren. Sie wusste aber nicht, dass der Gewinner bereits feststand … Gregor, wie er sich nannte, war von Anfang an in den Plan eingeweiht. Sie waren somit der einzige entscheidende Teilnehmer, alle anderen waren bloße Statisten. Wir haben irgendwelche Studierenden darauf angesprochen, denn jemand musste ja teilnehmen. Die Texte spielten dabei nicht die geringste Rolle. Das wussten allerdings nur Gregor und ich.“

„Aber ich war kein Teilnehmer. Ich wurde ja disqualifiziert und dann zum Statisten ernannt“, widersprach ich.

„Ja. Am Abend des Wettbewerbs. Im Vorfeld sollten sie sich jedoch wie ein Teilnehmer fühlen. Gregor musste ihr Vertrauen gewinnen, damit sie einen Text verfassen. Er hat seinen Job gut gemacht, sonst hätten Sie ihn Ihren Text wohl kaum einreichen lassen. Das war ein psychologischer Trick, damit Sie sich zunächst einredeten, er wäre ein ehrlicher Mensch - um anschließend das Gegenteil festzustellen. Der Text über die Kirche war übrigens von mir, Gregor hatte genug damit zu tun, ihren Beitrag so aus dem Kontext zu reißen, dass es Sie schockieren und beleidigen würde. Es war vorgesehen, dass er gewinnt, die anderen hatten von Anfang an keine Chance. Ihre Freundin sollte einmal bei einem echten Wettbewerb teilnehmen, ihr Beitrag war der Beste."

„Sie ist nicht meine – das heißt, Elenore wusste von nichts?", ereiferte ich mich.

„Nein, sie war nicht eingeweiht. Aber es erschien mir amüsant, sie zur Teilnahme zu motivieren. Gregor hat es ihr in meinem Auftrag vorgeschlagen, nachdem ich gesehen hatte, wie Sie mit ihr nach der Vorstellungsrunde so einträchtig an der dunklen Bushaltestelle standen."

„Sie haben uns beobachtet?" „Ja, ich hatte mich ein wenig verkleidet. Ich trug einen großen Hut, damit man mich nicht erkennen konnte. Ist es möglich, dass Elenore in meine Richtung geschaut hat?"

Er war der Mann mit Hut? Ernsthaft? Das klang mir jetzt aber doch so angestaubt wie die Filmrolle eines schwarzweißen Krimiklassikers aus dem letzten Jahrhundert. Andererseits – halleluja, Elenore hatte doch nicht halluziniert!

„Sie hätten nicht erwartet, dass die Kleine auch teilnimmt, was?", verkündete der böse Professor hämisch.

Ich trommelte mit den Fingerknöcheln ungeduldig gegen die Tischplatte. „Gregor musste gewinnen. Weiter. Ich *musste* ihm den Schierlingsbecher geben, richtig?"

Heidesand nickte. „Das war ein Geniestreich!", lobte er sich. „Wie hätte ich Ihnen sonst glaubhaft versichern sollen, Sie hätten ihn umgebracht? Hier galt es zu beachten, dass es keine Zeugen gibt. Es wäre epischer gewesen, wenn er auf der Bühne zusammenbricht. Aber dann hätten wir es mit lästigen Fragen zu tun bekommen, deshalb mussten wir noch warten. Ein Glück, dass Sie zur Party mitgekommen sind, sonst wäre der Plan nicht aufgegangen. Gregor hat Sie aus dem Club gelockt, damit niemand die Szene beobachten konnte. Es war gut, dass er verhindern konnte, dass Sie den echten Rettungsdienst riefen, so kam ich noch rechtzeitig hinzu. Die Sanitäter, die Sie gesehen haben, glaubten übrigens, es wäre eine Übung für einen Vergiftungsfall. Sie wussten also, dass Gregor nicht wirklich im Sterben liegt, mussten sich aber trotzdem verhalten wie bei einem echten Notfall. Der Rest war lediglich die Kunst des Geschichtenerzählens. Die Polizei hat in diesem Fall nie ermittelt, Gregors Familie mit Angst vor Gerüchten existiert nicht ... und ermordet wurde auch niemand. All das waren nur Behauptungen, denen Sie Glauben geschenkt haben."

„Und wer ist Gregor?", fragte ich erschöpft von den Informationen, die auf mich einprasselten. Wie hatte ich mich nur dermaßen über den Tisch ziehen lassen können? Der Gesichtsausdruck des Professors war reserviert.

„Ein Schauspieler … und mehr als das. Er hat Ahnung von Philosophie. Mehr müssen Sie jetzt nicht über ihn wissen. Er will anonym bleiben. Jedenfalls hat er viel Talent."

„Zu viel Talent!", schnaubte ich.

„Ich habe alle neuen Philosophiestudenten beobachtet. Sie waren der Einzige, der dafür in Frage kam", fuhr Heidesand fort.

„Wofür?"

„Sie sind anders. Sie haben ihren eigenen Kopf, das habe ich schnell bemerkt“, bekannte der Prof.

Ich gab ein unterdrücktes Lachen von mir. „Wäre ja auch schlecht, wenn ich einen fremden Kopf hätte.“

Er legte die Stirn in Falten. „Um ehrlich zu sein, hat mich der ganze Jahrgang enttäuscht. Sie sind auch nicht gerade mein Ideal von einem Philosophiestudenten, aber ich wollte mit meinem Projekt nicht noch länger warten. Und Sie eigenen sich wohl noch am ehesten.“

„Jetzt sagen Sie doch endlich, welches Projekt!“, rief ich in einem Anfall von Ungeduld.

„Sie sollten sich in den Rollen von Opfer und Täter erfahren , um insbesondere eine Rolle zu verstehen: die des Detektivs. Er muss sich bei den Ermittlungen in die Lage der Verdächtigen und des Opfers versetzen können. Denn genau das habe ich mit Ihnen vor: Sie werden ein Detektiv.“

Ich war auf so ziemlich alles gefasst, nur auf das nicht.

„Aber ich studiere Philosophie“, erinnerte ich ihn.

Er nickte bedeutungsvoll. „Eben. Die Philosophie hat in der jüngeren Vergangenheit immer mehr von ihrer Bedeutung für das praktische Leben eingebüßt, vor allem seit der Weiterentwicklung vieler Wissenschaften, die es ohne sie nie hätte geben können. Es nimmt zunehmend den Anschein an, dass die Mutter aller Wissenschaften für alles und nichts gleichzeitig zuständig ist. Haben Sie jemals von jemandem gehört, ihre Zukunft bestünde im Taxifahren?“

„Andauernd.“

„Und wieso sollten Philosophierende nur die Wahl zwischen einer akademischen Karriere, Journalismus, Verlagswesen, Unternehmensberatung und Taxifahren haben? Gibt es nicht mehr Möglichkeiten für Menschen mit solch beachtlichen Geistesfähigkeiten? In einer pluralistischen Weltgesellschaft wird es immer schwieriger, einheitliche ethische Maßstäbe zu finden, es ist für Philosophen eine große Herausforderung , die Menschen von bestimmten ethischen Richtlinien zu überzeugen. Hört denn die Bevölkerung auf uns Philosophen? Platon hat einen Idealstaat entworfen, der von Philosophen regiert wird. Aber darauf können wir lange warten. Zu lange. Und ich will nicht mehr warten. Deshalb habe ich beschlossen, ein Experiment zu wagen. Eine neue Berufsaussicht für Philosophen zu schaffen, damit sie ihre zahlreichen Qualitäten endlich einmal angemessen anwenden können. Eine Tätigkeit, die sich im Verborgenen abspielt und dennoch unverzichtbar ist."

„Philosophiedetektive?", fragte ich verdattert.

Heidesand klatschte einmal stolz in die Hände. „So sei es!" „Und es gibt keine anderen Möglichkeiten, durch die wir uns mit Philosophie am praktischen Leben beteiligen können?", wollte ich wissen.

Heidesand verzog angewidert das Gesicht. „Philosophische Praxis. So etwas wie philosophische Lebensberatung, wissen Sie … aber denen war meine Idee mit den Privatdetektiven nicht geheuer. Seitdem habe ich vor, mein eigenes Feld philosophischer Betätigung zu bestellen."

„Und ich soll jetzt Detektiv werden?", wiederholte ich seinen Vorschlag.

„Der weltweit erste, offizielle Philosophiedetekiv. Sie studieren den Bachelor normal weiter, aber ihr Nebenfach wird die Ausbildung sein, die Sie bei mir erhalten werden. Philosophiestudenten üben sich in Logik und Argumentation. Sie lernen, alles zu hinterfragen, und keine Wahrheit als endgültig zu betrachten. Außerdem haben sie ein breites Allgemeinwissen und beschäftigen sich mit schwierigen Texten sowie mit moralischen Fragen. All dies ist nützlich, um Fälle aufzuklären. Allerdings kann es passieren, dass die Fälle nicht immer geklärt werden, wie Sie es vielleicht aus Krimis kennen. Wir werden unsere Ermittlungen demnach auch zum Erkenntnisgewinn nutzen."

Was er da erzählte, hörte sich für mich logisch an. Sicherlich waren Menschen, die sich mit Philosophie auskannten, gute Detektive.

„Also wollten Sie testen, ob ich mich als Detektiv eigne? Deshalb der Mord, der keiner war? Sie waren bereit, katastrophale Nebenfolgen in Kauf zu nehmen, nur um mich zu prüfen?", fasste ich sein Vorhaben zusammen.

„Ja. So war es", gab er offen zu. „Es war so wunderbar mit den Büchern, die Sie gelesen haben. Wie ich meinen neuen Schüler teste, wusste ich bei Semesterbeginn noch nicht. Allerdings haben Sie mir mit Dostojewski und Sokrates die perfekte Vorlage geliefert. So baute ich meine ursprüngliche Idee mit dem Philosophy Slam weiter aus und schneiderte gewissermaßen den passenden Mordfall auf Sie zu."

Mein Traumberuf als Kind war tatsächlich Detektiv gewesen. Außerdem wollte ich etwas Seltenes und Bedeutsames machen. Hier war die Chance dazu. Und unberechenbar wie eh und je schlug ich sie aus.

„Ich hoffe, sie können ihrem Spielchen doch noch einen intrinsischen Wert abgewinnen, ansonsten hat es sich nämlich nicht gelohnt. Ich mache nicht mit", verkündete ich mit Bestimmtheit und sah ihm dabei erbarmungslos in die Augen.

„Es ist eine einmalige Chance“, behauptete er und erwiderte meinen Blick.

„Sie hätten mich auch einfach fragen können. Mir einen Mord anhängen zu wollen, war keine legitime Methode mehr. Hier heiligt der Zweck sicherlich nicht die Mittel.“

„Das Projekt soll geheim bleiben. Ich musste zuerst wissen, ob Sie sich eignen.“

„Okay. Das haben Sie gemacht. Und jetzt ist es endgültig vorbei“, beharrte ich und wollte aufstehen.

Doch er hatte ja noch seine Geheimwaffe gegen mich in der Hand.

„Nicht so schnell, Herr Haselhuhn. Erinnern Sie sich an ihre Klausur? So könnten Sie vielleicht mit mir sprechen, wenn Sie ein exzellenter Student wären. Bedauerlicherweise haben Sie alles Menschenmögliche getan, um auch im Zweitversuch dieser Klausur auf ganzer Linie zu versagen“, gab er zu bedenken.

Ich sah ihn mit einem Ausdruck zwischen Verachtung und Resignation an. „Woran das wohl gelegen haben mag! Unter Mordverdacht zu stehen und die eigene Unschuld beweisen zu müssen, kann einen Studenten durchaus von der Prüfungsvorbereitung ablenken“, grollte ich.

Das war doch die Höhe! Erst ließ er mich glauben, ich sei der Hauptverdächtige in einem Mordfall, zwang mich zum Ermitteln, wollte mich die Rollen von Detektiv, Opfer und Täter durchleben lassen – und jetzt beschwerte er sich darüber, dass ich zu wenig gelernt hätte! Vielleicht hatte er mich mit Absicht durchfallen lassen!

Er seufzte mit gespielter Enttäuschung. „Sie wissen, was das bedeutet – Sie werden das Studium der Philosophie nie mehr fortsetzen können … es sei denn -“, ich wusste, was dieser Kunstpause, die er so dramatisch in den Satz einbaute, folgen würde. Er wusste, dass ich es wusste. Ich weiß, dass die Leserinnen und Leser es wissen. Wir alle wissen es, dennoch zerstörte ich seine Kunstpause mit den Worten: „Es sei denn, ich werde doch noch Ihr Detektivschüler?“, und erntete dafür einen finsteren Blick.

„Vergessen Sie es. Wie kommen Sie darauf, dass ich gerne studiert habe? Jetzt stehen mir viele neue Möglichkeiten offen“, überraschte ich ihn mit einer irritierenden Aussage.

Ja, es war ein herber Schlag für mich, aber wieso sollte ich das zugeben? Nach dem ersten Semester zum Aufhören verdammt zu werden entsprach nicht gerade meiner Vorstellung eines erfolgreichen Studiums. Aber der Heidesand war die letzte Person, bei der ich mich darüber beklagen wollte.

„Denken Sie nur daran, was Ihnen alles entgeht, wenn Sie mein Angebot nicht annehmen“, redete er auf mich ein und brachte einige Argumente dafür, von wegen das Studieren, in Kombination mit dem Ermitteln, würde mir neue Horizonte des Wissens eröffnen und zu nie geahnten Erkenntnissen führen. Außerdem würde ich leichter Credits sammeln als in allen anderen Nebenfächern.

Ich hörte nicht mehr zu und entgegnete dann, in einem Versuch eiskalt Kant zu zitieren: „Handele nur nach derjenigen Maxime ...“, ich geriet ins Stocken, denn mir fiel der Spruch nicht wieder in dem richtigen Wortlaut ein, der einen eindrucksvollen Effekt gehabt hätte. Also schlunzte ich das Ende in meinen eigenen Worten so hin: „Jedenfalls bin ich gegen Erpressung und Bestechung, weil das in dieser Welt schon viel zu oft vorkommt … und aus diesem Grundsatz heraus werde ich mich ganz sicher nicht bestechen und erpressen lassen! Wo kämen wir denn da hin, wenn das ein allgemeines Gesetz wäre, dass sich alle bestechen und erpressen lassen sollen? Da ist es meine Pflicht, mich der Korruption zu verweigern!“

Der Professor betrachtete eine Fliege an der Decke. „Bin ich froh! Wie kam ich je auf die verquere Idee, ausgerechnet *Sie* würden sich für diese Aufgabe eignen? Ein Philosophiestudent, der nicht in der Lage ist, Kant korrekt zu zitieren!“

Das Gespräch war somit beendet und ich hatte meine letzte Chance verspielt, das Studium fortzusetzen. Ich setzte mich dermaßen paralysiert an die Bushaltestelle, dass ich es nicht registrierte wie der Bus anhielt und ohne mich wieder losfuhr.

Definition von „Nikodemos Haselhuhn“: der Ex-Student, der zu blöd ist, Kant zu zitieren und den Bus *nicht* zu verpassen.

So saß ich also gezwungenermaßen noch eine weitere halbe Stunde da und überlegte, ob das alles hatte so kommen müssen, und ich mich von nun an doch verstärkt einer Karriere als freier Schriftsteller zuwenden sollte. Wann sollten meine Eltern von diesem Misserfolg erfahren? Sollte ich es ihnen überhaupt erzählen? Wo würde ich jetzt wohnen? Bei Delphine würde ich nicht länger bleiben können. Und ein neuer Studiengang? Nein, das kam nicht in Frage. Es war das Richtige gewesen, alles andere würde mir inzwischen sinnlos erschienen. Ich wollte suchen, aber mir nicht jetzt schon einen klaren Zukunftsentwurf aussuchen. Es war zum Verzweifeln.

Und dennoch saß ich da, schaute in die Weite und grinste dümmlich. Ich fühlte mich frei! Die Ungewissheit war spannend. Und ich erlebte nun etwas von meiner Liste *„Die zehn schlimmsten Dinge, die mir in nächster Zeit passieren könnten“*.

Das mit dem Mordfall hatte ich ja zum Glück hinter mir, ein verfehltes Studium war ein Witz dagegen! Zum Glück hatte ich noch Gelegenheit, Elenore mein Leid zu klagen, bevor sie über die Semesterferien die Stadt verließ.

Ich betrachtete Elenore mit einer gewissen Genugtuung, für die ich mich schämte, als ich bemerkte, dass sie kurz vor dem Ausrasten war. Ich hatte ihr soeben die traurige Botschaft mitgeteilt und nun war sie völlig aufgelöst. Sie war wohl die Einzige, die nach allem noch an mich glaubte, sogar ich selbst zweifelte neuerdings an mir. Es war keine leichte Sache, sich so formvollendet von einem Professor betrügen und dann noch exmatrikulieren zu lassen.

Professor Heidesand erinnerte mich inzwischen an Descartes Dämon, der mich über die Existenz dieses Kriminalfalls durch geschickte Illusionen getäuscht hatte. Es war ja die Negation eines Kriminalfalls, der Nicht-Mord, der Nicht-Mörder und die Nicht-Leiche. Auch wenn ich ermittelt hatte, war ich denn überhaupt ein Ermittler, wenn die Grundlage meiner Ermittlungen auf einem Trugbild beruhte? Wird der Detektiv erst dann zum Detektiv, wenn es ein Verbrechen gibt, das aufgeklärt werden kann? Und was ist entscheidend? Ob dieses Verbrechen tatsächlich in der objektiven Realität verübt wurde? Oder ob der Detektiv *glaubt*, es habe ein Verbrechen gegeben? Und was ist, wenn das, was Heidesands Inszenierung im Kleinen bedeutete, auch für die Wirklichkeit gilt? Wenn wir Illusionen für offensichtliche Wahrheiten halten? Hilfe!

„Aber – das können die doch nicht machen! Du, du bist – der Sherlock der Uni! Wetten, du bist gar nicht durchgefallen und das war wieder einer seiner fiesen Tricks? Der Mensch hat ein Krisenexperiment mit dir gemacht, vielleicht ist das jetzt die Fortsetzung."

Bei ihrer Formulierung „Sherlock der Uni“ zuckte ich leicht zusammen, denn ich hatte ihr nichts von der Detektivangelegenheit erzählt.

„El, ich war wirklich nicht gut vorbereitet“, bekannte ich.

Ich hatte die Klausur von Delphine prüfen lassen. Normalerweise wäre ich mit diesen Antworten nicht durchgefallen, hätte vielleicht sogar eine Drei dafür bekommen, weil unsere Tutoren und Professoren gemeinhin großzügig korrigierten, aber gut genug, um es vor der Prüfungskommission zu verhandeln, war die Klausur auch wieder nicht.

„Und wen wundert das? Sogar ich habe es geschafft eine Zwei zu schreiben! Und das, obwohl ich wegen dem Schlafwandeln und solchen Geschichten fast nie in der Vorlesung war. Aber was du alles durchmachen musstest, die vielen Anschuldigungen! Das war extrem! Ich werde mich bei Professorin Manet über Professor Heidesand beschweren. Das geht so nicht weiter. Nein, ich werde es nicht akzeptieren, wie der mit dir umspringt! Das geht einfach zu weit!“, erklärte sie angriffslustig.

„Misch´ dich nicht auch noch in die Angelegenheit. Damit handelst du dir nur Ärger ein“, warnte ich sie.

„Ärger? Auf ein bisschen Ärger mehr kommt es in meinem Leben auch nicht mehr an. Wenn du wüsstest ...“, konterte Elenore mit blitzenden Augen. „Zum Aufgeben ist es zu früh!“

Ich konnte sie nicht aufhalten, und so besprach sie sich tatsächlich mit Delphine über meine Zukunft in der Welt der Philosophie. Mit Erfolg.

„Sie dachten doch nicht, ich würde dem interessantesten Untermieter, den ich je hatte, keine zweite Chance im Studium geben?“, fragte Delphine pikiert, als wir einige Tage später im Wohnzimmer einen Matcha-Tee tranken. „Was mein Kollege da angezettelt hat, war kriminell."

„Ach, dann war es doch ein Kriminalfall?", wunderte ich mich.

„Er hat Sie bei dem Versuch, ein fragwürdiges Ziel zu erreichen, betrogen und erpresst. Das reicht für Ihren ersten Fall völlig aus."

Ich hätte beinahe den Matcha-Besen fallen gelassen. „*Erster* Fall?"

„Ich hatte vor, die Idee von Professor Heidesand zu recyceln. Auf meine Weise, versteht sich", gab sie zu. „Da er bedauerlicherweise die Universität verlässt, um Erfahrungen in einem neuen akademischen Umfeld im Ausland zu sammeln, bietet sich mir diese einmalige Gelegenheit. Das heißt, nur wenn Sie einverstanden sind."

„Und das Studium?", fragte ich widerstrebend.

„Sie schreiben eine Hausarbeit, die wird ausnahmsweise als Ersatz für die Prüfung akzeptiert. Ich habe mich bereits versichert, dass der Fachbereich das in ihrem Fall anerkennt. Unabhängig von der Entscheidung, ob Sie doch noch ein Detektiv werden wollen. Ich bin nicht mein Kollege, also soll das keine Falle sein."

„Danke! Die Hausarbeit wird grandios. Ich war dieses Semester sogar ab und zu beim philosophischen Schreiben", freute ich mich. „Und die Detektivausbildung ...", wollte ich zu einer Entschuldigung ansetzen und zögerte.

Wieso eigentlich nicht? Delphine war toll. Sie war sicher kompetenter als dieser größenwahnsinnige Heidesand.

„Ich muss Sie warnen", sagte sie unvermittelt. „Sie dürfen niemandem davon erzählen. Wenn Ihnen das zu schwierig erscheint, sollten Sie es lieber sein lassen. Es muss geheim bleiben, sonst können Sie nicht wirklich unerkannt ermitteln. Elenore hat sich sehr für Sie eingesetzt. Es könnte zum Problem werden, wenn Sie ein Geheimnis vor ihr haben. Luise werden wir auch nichts verraten, sofern sie es nicht selbst herausfindet. Und wenn Sie neue Freunde unter ihren Kommilitonen finden, könnte ein solches Geheimnis zu einer Belastung werden. Seien Sie sich darüber im Klaren."

Ich nahm den ersten Schluck von meinem Tee und wägte in Sekundenschnelle die Vor- und Nachteile ihres Angebots ab. Meine Entscheidung fiel erstaunlich spontan und wurde durch die Tatsache begünstigt, dass Delphine mich sogar vor einem der Nachteile gewarnt hatte. Mir trat deutlich vor Augen, was mir jetzt wichtig war ... es ging mir darum, ein interessantes Leben zu führen! Nicht eine Checkliste der „tollen Erlebnisse" abzuarbeiten, nicht um Elenore oder Luise, nicht um einen ultimativen Erfolg oder eine bestimmte Entdeckung, nicht um vermeintliche Sicherheit oder um den Bachelor of Arts. So stellte ich folgende Überlegung an:

Ich will leben - im Jetzt!

Jeden Tag etwas Neues erfahren, mich überraschen lassen – aber worum geht es mir dabei?

Um Spaß und Abenteuer? Oder darum, etwas Bedeutendes, etwas Gutes zu tun?

Ich habe immer noch keine endgültige Antwort. Kierkegaard hat mal zwischen drei Stadien auf dem Lebensweg unterschieden, zwei davon sind das ästhetische und das ethische Stadium. Vielleicht bin ich kurz vor dem Sprung ins ethische Stadium? Aber das ist mir noch unklar. Will ich Verantwortung für mein Handeln übernehmen? Nur wenn es sich lohnt, bei Großtaten etwa. Das klingt aber noch nicht sehr ethisch.

Ansonsten ... ich habe leider ein ausgeprägtes Verantwortungsbewusstsein. Von dem ich mich nicht immer einschränken lassen will. Lieber immer im Zentrum des Geschehens wandeln, neue Leute treffen, Abwechslung, Veränderung ... keine beständige Realität, starre Sozialstrukturen oder einengende Erwartungen. Nein! Ich will frei sein!

Ja, verdammt! Ich habe Bock auf diesen Detektivjob – und wie!

Es ist doch richtig praktisch, da ich sowieso nicht weiß, was ich letztlich will.

Und dieses Nicht-Wissen bedeutet doch, dass ich zunächst ein spannendes Leben führen und dabei möglichst etwas Sinnvolles tun will.

Aber das ist kein Ziel, das ist ein Weg, auch wenn ich dann ewig unterwegs sein sollte.

Welche Leute studieren denn bitte Philo?

Keine, die von sich behaupten würden, wenn ich dies und jenes habe oder weiß, bin ich am Ziel und obendrein noch glücklich.

Ich will Fälle lösen, richtige Fälle, oder sie nicht lösen, aber jedenfalls will ich mich mit ihnen beschäftigen, meinen Horizont erweitern, etwas erleben.

Ich wurde betrogen, hintergangen, es wurde in Kauf genommen, dass ich einen psychischen Schaden erleide. Na und wenn schon?

Das ist nicht passiert. Ich habe den Fall gelöst. Vielleicht könnte man auch sagen, Delphine und Luise hätten den Fall gelöst. Wie auch immer – es war toll!

Ich liebe den Thrill. Ist es moralisch verwerflich, echte Fälle lösen zu wollen? Deren Bedingung echte Verbrechen sind?

Auch wenn man mich eher auf amoralische Weise überhaupt auf die Idee gebracht hat ... who cares?

Elenore ist ja echt nice, und Luise hat auch was ... Aber will ich überhaupt wieder eine Freundin? Das ging schon mit meiner Ex nicht besonders gut.

Also wenn ich jetzt die Wahl habe ... zwischen diesem krassen Job, der mich brennend interessiert, oder so einem Mädel nachzudackeln – dann wähle ich natürlich die erste Variante. Vielleicht ergibt sich ja trotzdem was, Elenore hat wohl immer noch mehr Geheimnisse als ich! Oder ich lerne eben eine coole Detektivin kennen ... hat Luise nicht eine Freundin bei der Polizei?

Und die anderen Philosophiestudenten, mit denen ich seit ein paar Wochen manchmal abhänge? Also Sven und seinen Leuten muss ich ja auch nichts erzählen. Wir können trotzdem gute Kumpels sein, ich denke das passt schon.

Ich habe jetzt meine Geheimnisse, das gehört von nun an dazu. Vielleicht ist es der Preis, den ich zahlen muss, aber ich denke, es lohnt sich.

Es gehört zu meinem Weg!

Deshalb sagte ich voller Überzeugung:

„Mir fällt tatsächlich nichts besseres ein, als meine Freizeit mit Ermittlungen zu verbringen. Ich kann es kaum erwarten, bis es endlich einen neuen Fall gibt. Aber es soll ein echter Fall sein, in dem ich nicht verdächtigt werde. Meinen Sie, ich finde etwas Entsprechendes?“

Sie lächelte dezent. „Lernen Sie, die Augen offen zu halten. Dann wird sich schon etwas finden.“

Epilog[1]

Das war die Geschichte, wie Nikodemos Haselhuhn, der verpeilte Philosophiestudent, zum Detektiv ernannt wurde. Wir waren uns einig, dass erwähnt werden muss, wie er überhaupt zu dieser Aufgabe gekommen ist. Das „erste offizielle Verbrechen“ (dank dem er Esat und mich kennenlernte) ereignete sich erst in der zweiten Hälfte seiner Semesterferien.

Sein erstes Abenteuer endet hier.

Es sei denn, jemand will noch meinen Epilog über seinen Versuch, eine Hausarbeit zu schreiben, lesen. Es muss nicht sein, ist halt ganz witzig. Wer nichts davon wissen will, kann hier schon aufhören. Ist auch okay, ich nehme das niemandem übel. Ich bin hier eh nur der Maler.

Der Sturm brauste ums Haus, Regen prasselte gegen das Fenster.

Jemand klopfte laut und vernehmlich an Nikodemos´ Tür.

„Herein, wenn es kein Mörder ist!“, rief er ziemlich salopp.

1 Tobi schreibt jetzt doch wieder für mich, aber er übernimmt ab sofort nur noch die Prologe und Epiloge. Dieser Epilog wurde auch von Tobi verfasst. Seien Sie nicht zu streng mit ihm, er ist Maler. Bis bald, euer Nikodemos!

Seine Vermutung über den Besuch bestätigte sich, als Delphine die Tür zu seinem Zimmer öffnete.

„Wissen Sie, wofür heute das perfekte Wetter ist?“, fragte sie mit einem bösen Lächeln, als sie im Zimmer stand.

Nikodemos sah von seinem Buch auf und blickte aus dem Fenster in das graue Mistwetter dort draußen.

„Lesen?“, schlug er irritiert vor. „Aber das tue ich gerade.“

Delphine nickte bedeutungsschwer. „Sie lesen. Das sehe ich. Und genau darauf will ich hinaus. Darf ich?“, sie streckte die Hand nach dem Wälzer aus und Nikodemos überreichte ihr in seiner Überraschung die alte und vergilbte Ausgabe von „Schuld und Sühne“.

„Das Problem besteht darin, *was* Sie lesen“, stellte Delphine mit hochgezogenen Augenbrauen fest.

„Was ist falsch an den Klassikern der Weltliteratur?“, verteidigte sich Nikodemos. „Wegen dem ganzen Fall bin ich nicht mehr dazu gekommen, es weiter zu lesen.“

Delphine seufzte gespielt betrübt. „Ich habe weder ein Problem mit Literaturklassikern noch mit Dostojewski. Womit ich aber ein Problem habe - “, sagte sie und sah ihn tadelnd an, „ … sind Studenten, die ihre Hausarbeiten nicht abgeben. Sie haben viel versäumt dieses Semester. Und jetzt sitzen Sie da und lesen Dostojewski. Wissen Sie, was Sie lesen sollten? Das!“, sie zog ein Reclamheft aus ihrer Tasche und drückte es Nikodemos in die Hand. Mills Utilitarismus.

„Wenn nicht jetzt – wann dann? Wofür wollen sie ansonsten Credits bekommen? Viel Spaß beim Lesen.“

Nikodemos starrte sie entgeistert an. „Aber es sind nur noch zweihundert Seiten, nein, nicht mal, vielleicht nur hundertfünfzig … Sie können mir doch jetzt nicht einfach das Buch wegnehmen! Ich wäre heute noch fertig geworden!“

„Jede Minute ist kostbar, wenn das Abgabedatum einer Hausarbeit näher rückt.“

„Sie sind nicht meine Mutter!“

„Aber Ihre Professorin. Das heißt, wenn Sie so gnädig wären, meine Logik-Vorlesung in einem der kommenden Semester zu besuchen, Sie lausiger Amateur-Detektiv! Der Logik können Sie nämlich nicht dauerhaft entkommen!“

„Habe ich Sie denn gebeten, sich so für mich einzusetzen?“, maulte der Student.

„Nein, das war vorsorglich, denn Sie hätten es sicher noch getan. Also tun wir mal so, als hätten Sie immer fleißig mein Utilitarismus-Seminar besucht und wären jetzt in der Lage, eine Hausarbeit darüber zu schreiben. Sie haben nicht einmal mehr ein Nebenfach, also sollten Sie diese Chance dankend annehmen.“

„Aber das ist Diebstahl!“ „Wegen ihrem Buch? Keine Sorge, wenn Sie mir die Hausarbeit abgeben, erhalten Sie es zurück.“

„Na, dann ist es eben Entführung. Und Erpressung. Auch nicht besser.“

„Ach was, es ist ein gelungener Tausch. Ich habe dieses Buch gelesen, als ich in Ihrem Alter war. Ich wollte es schon eine ganze Weile wieder einmal lesen. Wir könnten eine Wette abschließen, wer zuerst fertig ist: Ich mit ´Schuld und Sühne´ oder Sie mit ihrer Hausarbeit. Möchten Sie auch einen Tee? Ich hätte russischen und englischen anzubieten. Aber vergessen Sie nicht: Ich bin Ihre Professorin und Ihre Vermieterin, aber nicht Ihre Haushälterin! Sie dürfen sich den Tee gern selbst zubereiten, wenn Sie eine Lernpause brauchen. "

Damit verließ sie das Zimmer.

Regen und Sturm hatten aufgehört, draußen wehte nur noch ein leichter Wind. Nikodemos wartete einige Minuten, nachdem Delphine das Zimmer verlassen hatte, schnappte sich dann seinen Mantel, und machte sich für einen Spaziergang bereit. Er musste über die Frage nachdenken, ob es Diebstahl war, wenn man etwas, das einem gehörte, von einem Dieb zurück stahl.

Wenige Tage später äußerte Luise bei ihrer Tante einen Verdacht über ihren merkwürdigen Mitbewohner: „Ich glaube, Nikodemos schreibt endlich seine Hausarbeit. Er hat seit Tagen das Haus nicht verlassen und nimmt nur noch Matetee und getrocknete Maulbeeren zu sich. Außerdem schickt er sofort alle weg, die ihn stören könnten." Da sie im Dachgeschoss vor seiner Tür standen, hatte er ihre Worte verstanden und schrie durch die Tür: „Das soll nicht nur eine Hausarbeit werden – sondern ein Monumentalwerk!"

Es folgte lautes Gepolter.

Luise ging kopfschüttelnd die Treppe wieder hinunter, während Delphine klopfte und dann eintrat. Nikodemos saß mit irrem Blick, umringt von etlichen Seiten Papier, auf dem Boden. Ein Stuhl war umgeworfen, diverse Gegenstände lagen im Zimmer verstreut.

„Nikodemos, was ist los? Ich dachte schon, eine Truppe Schläger wütet hier!"

„Ich schreibe nur meine Hausarbeit ..."

„Kein Grund zu randalieren!“

„Doch, natürlich! Weil ich es nicht wirklich schaffe, solange ich dieses blöde Buch aus dem Semesterapparat nicht zur Verfügung habe. Und in der Bib kann ich nicht arbeiten.“

„Weil Sie da nicht randalieren können?“

„Exakt. Manchmal hilft es nur, mit Stühlen zu werfen.“

„Hm … an der Harmonie von Körper, Geist und Seele müssen Sie wohl noch arbeiten.“

„Hausarbeiten sind so garstig! Ich bin dafür viel zu ungeduldig.“

„Nikodemos, Sie sind ein Student im ersten Semester, das hier ist noch nicht ihre Doktorarbeit. Wozu gibt es Sekundärliteratur?“

„Aber ich will nicht in die Bib!“

„Und wenn Sie dort Ihr nächster Fall erwartet?“

Nikodemos sah erstaunt zu ihr hoch, zögerte einen Moment, und sprang dann mit einer energischen Bewegung auf.

„Das ist gut. Ich werde mir einreden, dass dort ein Fall auf mich wartet. Das ist immerhin nicht völlig ausgeschlossen. Ha! Endlich habe ich die Motivation, wieder zur Uni zu fahren. Danke“, rief er ihr grinsend nach, als er die Treppe hinablief, um das Haus zu verlassen.

Fragen zum Philosophieren:

Das gezielte Nachdenken über komplizierte Fragen ist eine in Vergessenheit geratene Freizeitbeschäftigung.

Und das obwohl sie kostenlos, flexibel und abwechslungsreich ist. Ob allein, mit Freunden oder Fremden, philosophieren kann man eigentlich immer und überall!

Wenn der Bus mal wieder Verspätung hat, ein Aufenthalt im Wartezimmer zu lang wird, der Handyakku bei einer Zugfahrt den Geist aufgibt oder beim nächsten Treffen mit Freunden einmal heftig diskutiert werden soll – hier einige philosophische Fragen zum Mitdenken:

Thema 1: Mord und andere Verbrechen

1. Können die persönlichen Umstände des Täters einen Mord in manchen Fällen verständlich machen?

2. Was würden Sie tun, wenn ein guter Freund oder eine gute Freundin Ihnen ein schlimmes Verbrechen gesteht und Sie bittet, zu schweigen? Nach welchen Kriterien würden Sie ihre Entscheidung treffen?

*3. Braucht der Mensch bestimmte Gründe dafür, **kein** Verbrechen zu begehen, oder stellt sich die Frage im normalen Leben gar nicht?*

4. Spielt das Geschlecht des Täters bei der moralischen Bewertung von Verbrechen irgendeine Rolle?

5. Wären Studierende der Philosophie gute Detektive?

Thema 2: Berufsfindung und soziales Leben

1. Wann ist es geboten, sich über das Verhalten von Mitmenschen zu wundern? Wie tolerant sollte man seltsamen Eigenschaften neuer Bekannter gegenüber sein?

2. Sind Misserfolge gut oder schlecht für die persönliche Weiterentwicklung?

3. Können intelligente Menschen weniger gut zuhören als dumme oder weise Menschen?

4. Sollte man einen Beruf wählen, von dem man weiß, dass er einen sinnvollen Beitrag zur Gesellschaft leisten kann, in der konkreten Ausführung jedoch diesem Anspruch nicht vollkommen gerecht wird?

5. Was ist bei der Studien- / Berufswahl entscheidend? Ein gutes Einkommen und relative Sicherheit? Der Einsatz für Gerechtigkeit und soziale Belange? Der Versuch, die Welt besser zu verstehen und erklären zu können?

Thema 3: Die Zukunft

1. (Wieso) sollte man sich angesichts apokalyptisch-dystopischer Weltuntergangsszenarien dennoch moralisch verhalten und Rücksicht auf Mitmenschen, Tiere und Umwelt nehmen?

2. Ist es ein sinnvolles Ziel, einen Beitrag zur Menschheitsgeschichte leisten zu wollen (z.B. in Wissenschaft, Technik, Kunst, Sozialreformen), obwohl es die Menschheit in absehbarer Zeit vielleicht gar nicht mehr geben könnte?

3. Welche persönlichen und politischen Maßnahmen sind angesichts der Klimakrise sinnvoll?

Thema 4: Die Realität

1. Können Träume etwas über die Zukunft aussagen? Oder ist das Leben selbst nur ein Traum?

2. Fördern oder behindern Drogen kreative Leistungen?

3. Nehmen Bücher, Filme und andere Medien Einfluss auf das Handeln von Menschen? Unter welchen Umständen beeinflussen erfundene Geschichten die Weltanschauung und den Charakter von Menschen?

4. Gibt es eine objektive Realität, die unabhängig von dem ist, was wir zu wissen glauben?

Platz für geistreiche Erkenntnisse: